Herzkönigin

Vertrau auf dein Gefühl

AF140075

Liebesroman

Jacqueline V. Droullier

Herz

Königin

Vertrau auf dein Gefühl

Hinweis: Bei diesem Exemplar handelt es sich um eine überarbeitete Neuauflage des Debütromans der Autorin.

Bibliografische Information der Deutschen Nationalbibliothek: Die Deutsche Nationalbibliothek verzeichnet diese Publikation in der Deutschen Nationalbibliografie; detaillierte bibliografische Daten sind im Internet über http://dnb.dnb.de abrufbar.

Coverdesign: Natalie Elin – frau.nat.graphics
Lektorat: Wiebke Bohn
Korrektorat: Jo D. Shannon
Illustrationen: Luisa Baresi

Herstellung und Verlag:
BoD – Books on Demand, Norderstedt

ISBN: 978-3-7386-5651-0

Für Phil.

Kapitel 1

Sophia

»Verdammt, ich habe es schon wieder nicht pünktlich geschafft. Es tut mir so leid, Süße.« Hektisch drücke ich meiner besten Freundin einen Kuss auf die Wange und lasse mich erleichtert auf den Stuhl neben sie fallen. »Puh, ist das warm hier!« In derselben Bewegung, mit der ich mich aus meinem Mantel befreie, greife ich nach Evas Speisekarte, um mir damit ein wenig Luft zuzufächeln. Ich habe den Bus verpasst und bin den ganzen Weg von zwei Kilometern bis zur Eisdiele gelaufen. Eine ganz schöne Anstrengung für jemanden, der nicht besonders sportlich ist.

Eva und ich kennen uns schon seit dem Kindergarten. Früher haben wir uns immer um die Puppen gestritten, aber seit wir aus diesem Alter raus sind, uns angefangen haben zu schminken und für Jungs zu interessieren, sind wir die besten Freundinnen.

»Oh, bitte sag nicht, dass Justin dir schon wieder nicht das Auto geben wollte.« Mit hochgezogener Augenbraue sieht sie mich an. Geht das schon wieder los … Mir ist klar, was ihr gerade durch den Kopf geht. Sie kann meinen Freund nicht ausstehen. Seit ich mit ihm zusammen bin, ist er ihr ein Dorn im Auge.

»Du weißt doch, wie er ist, Eva. Das Auto ist sein Baby, da lässt er niemanden dran«, murmele ich noch völlig außer Atem und vertiefe mich in die Eiskarte.

»Und Geld für einen neuen Mantel konnte er dir wohl auch noch nicht leihen, wie ich sehe.«

Empört klappe ich die Karte wieder zu. »Zum einen verdiene ich mein eigenes Geld. Zugegeben, als Kassiererin bekommt man nicht besonders viel, aber immerhin. Und zum anderen weißt du ganz genau, dass wir uns im Moment nicht so viel leisten können.«

Sie sieht mich immer noch mit diesem typischen Eva-Blick an, den nur sie drauf hat. »Hör zu, Sophia, ich will nicht schon wieder mit dir streiten. Aber ich bin nun einmal auch deine beste Freundin und da gehört es, finde ich, zu meinen Aufgaben, dir offen meine Meinung zu sagen.« Sie rückt ein wenig näher an mich heran. »Und deswegen sage ich, dass Justin dir ruhig nach zehn Jahren Beziehung mal einen neuen Mantel schenken könnte. Er investiert sein

Geld in sein Auto und Alkohol, doch dir schenkt er nie etwas.«

Ertappt weiche ich ihrem Blick aus. Das Thema habe ich schon unzählige Male mit Justin besprochen. Es gefällt mir nicht, wie verschwenderisch er mit seinem wenigen Einkommen umgeht, dennoch habe ich das Gefühl, ihn als seine Freundin verteidigen zu müssen.

»Warum sollte er? Justin weiß ganz genau, dass ich nicht auf Materielles stehe.« Ich zögere, weil ich weiß, dass sie nicht unrecht hat. Welche Frau sehnt sich nicht ab und zu nach ein wenig Anerkennung? »Ich freue mich auch über Kleinigkeiten. Wie nette Worte oder liebenswürdige Gesten.«

Nun zieht Eva ihre andere Augenbraue hoch. »Wann hat Justin jemals etwas Nettes zu dir gesagt? Ist er dir gegenüber überhaupt schon einmal *liebenswürdig* gewesen?«

Mein Mund öffnet sich, doch es kommt kein Laut heraus. So sehr ich mich auch bemühe, mir fällt nichts ein. Ich möchte nicht weiter mit Eva über dieses Thema sprechen. Es endet jedes Mal im Streit und ich habe keine Lust, in der kurzen Zeit, die ich mit ihr verbringen kann, auch noch schlechte Laune zu haben. Zum Glück rettet mich ein plärrendes Kind vom Nachbartisch, dem Eva einen genervten Blick zuwirft. »Boah, habe ich einen Durst«, versuche ich, das Thema zu wechseln und nutze es aus, dass der Kellner gerade in unsere Richtung schaut. Ich winke ihn schnell zu uns heran und bestelle einen kleinen Kaffee. Während der Kellner meine Bestellung notiert und darauf wartet, dass Eva sich entscheidet, herrscht betretenes Schweigen zwischen uns. Ich nutze die Zeit, um auf mein Handy zu sehen und meine Nachrichten zu checken.

»Ich nehme den Amarenabecher«, sagt Eva schließlich und klappt die Karte zu. Ich würde auch gern essen können, ohne ein Gramm zuzunehmen, doch leider scheint bei mir allein das Atmen schon anzusetzen. Glücklicherweise kann ich mir einen Eisbecher sowieso nicht leisten.

»Hast du gemerkt, wie der Kellner dich angesehen hat?«, raunt mir meine beste Freundin zu.

Überrascht blicke ich von meinem Handy auf, als sie mir ihren Ellenbogen in die Seite stößt. »Nein, da habe ich nicht drauf geachtet.« Außerdem beachtet mich sowieso niemand, wenn Eva dabei ist. Sie zieht immer alle in ihren Bann und an mich kann sich niemand mehr erinnern. Das ist schon früher so gewesen, doch diesen Gedanken behalte ich für mich.

»Und das ist genau das, was ich meine.« Eva ergreift meine Hand. Oh nein, jetzt hält sie wieder ihren Vortrag.

»Du bist so eine wunderschöne Frau, Sophia. Doch du hast ein großes Problem: Du bist blind vor

Liebe zu Justin. Und das, obwohl er ein absoluter Arsch ist und dir so viele Männer zu Füßen liegen könnten, wenn du dich nur darauf einlassen würdest.« Sie pustet sich eine Haarsträhne aus dem Gesicht und sieht mich nachdenklich an. »Ich weiß, der Mensch ist ein Gewohnheitstier, und wir haben auch schon oft darüber gesprochen, aber du bist noch jung, Sophia. Meinst du nicht, da wartet jemand Besseres auf dich?«

Eva meint es nur gut mit mir, aber ihre ständigen Tiraden und ihre Versuche, uns zu trennen, nehmen langsam überhand. Zwischen Justin und mir läuft es im Moment wirklich nicht rosig, aber in jeder Beziehung kriselt es. Das ist doch nichts Ungewöhnliches. »Vielleicht hast du recht, Süße, und ich schätze deine Offenheit mir gegenüber. Aber ich denke nicht, dass wir hier sind, um erneut über Justin zu quatschen. Wir sehen uns so selten, lass uns die Stimmung nicht vermiesen.«

Sie zieht ihre Hand wieder zurück und seufzt. »Ich möchte nur, dass du auf dich aufpasst.«

Der Kellner kommt zurück und bringt den Kaffee und das Eis. Er schenkt mir ein Lächeln und dieses Mal erwidere ich es. Doch kaum hat sich der Typ von mir abgewendet, fällt mir das Lächeln wieder aus dem Gesicht. Das ist nicht richtig. Es fühlt sich an, als würde ich meinen Freund hintergehen. Ich will keine fremden Männer anlächeln. Justin ist meine große Liebe und auch wenn meine beste Freundin seit Jahren versucht, mich eines Besseren zu belehren, werde ich ihn niemals verlassen. Wir gehören einfach zusammen. Vielleicht geschieht es auch aus Trotz. Je mehr Leute gegen uns wettern, desto weniger wollen wir ihnen zuhören. Das war schon damals bei meinen Eltern so und hat sich seither nicht verändert.

Mein Blick fällt wieder auf Eva. Ihre wackelnden Augenbrauen und ihr begeistertes Grinsen sprechen Bände. Ich verkneife mir ein Augenrollen. »Reden wir über ein anderes Thema«, bitte ich sie über den Rand meiner Tasse hinweg. »Wie läuft die Uni?«

»Ach, weißt du«, sie schließt genießerisch die Augen, als sie sich einen Löffel Eis in den Mund schiebt, »im Moment habe ich das Gefühl, nicht recht voranzukommen. Meine Forschung tappt im Dunkeln, ich muss mir dringend einen anderen Ansatz zurechtlegen. Kaum zu glauben, dass es wirklich so Freaks gibt, die in der Regelstudienzeit fertig werden.«

Seitdem Eva in Schleswig-Holstein Meeresbiologie studiert, sehe ich sie nur selten. Die Entfernung zwischen Wuppertal und Kiel ist zu groß. In den Semesterferien kommt sie ab und zu vorbei, allerdings haben wir dann viel zu wenig Zeit, all das zu erzählen, was wir im Leben der anderen verpasst haben. Ich bin froh, sie zu haben. Wenn ich darüber nachdenke, ist sie die Einzige, mit der ich aus der Schulzeit noch Kontakt habe, abgesehen von Justin. Wir drei sind von unserer damaligen Clique übriggeblieben, alle anderen haben nach dem Abitur die Stadt verlassen und sich nicht mehr gemeldet. Dank Facebook weiß ich von manchen, dass sie verheiratet sind, eine hat sogar schon ein Kind bekommen. Irgendwie beneide ich sie alle. Die meisten haben ihren Platz im Leben gefunden, sogar die unschlüssige Eva hat nach vier Jahren des Herumexperimentierens endlich die richtige Universität entdeckt und geht in ihrem Studium auf wie eine Blume, nur ich dümple noch immer vor mich hin.

»Der Kellner ist wirklich ein Schnuckelchen«, säuselt Eva und reißt mich damit aus meinen Gedanken.

»Hm?«

»Träumst du etwa schon wieder?« Sie lacht und wirft sich dabei die langen, dunklen Haare nach hinten. »Komm, ich will noch ein bisschen durch die Stadt bummeln, hier hat sich bestimmt wieder einiges verändert, seit ich das letzte Mal da war.«

Wir bezahlen, verlassen untergehakt die Eisdiele und schlendern über das unebene Kopfsteinpflaster der Fußgängerzone.

»Habe ich dir eigentlich schon von Bob erzählt?«, fragt Eva in Plauderlaune, während wir die neueste

Mode in den Schaufenstern betrachten und ich mir innerlich die Frage stelle, welches Püppchen solche unförmigen Dinger denn freiwillig anzieht.

»Ist das dein neuer Freund?«

Sie grinst verwegen. »So in etwa, fest ist das nicht zwischen uns, eher so eine Art offene Beziehung.«

»Offene Beziehung?«, hake ich nach. »Das heißt, ihr schlaft miteinander und tut Dinge, die ein Paar so tut, und wenn dir ein anderer gefällt, hüpfst du auch mit dem in die Kiste? Und das funktioniert wirklich?«

»Ja, warum denn nicht?« Lachend zuckt sie mit den Schultern. »Damit schließen wir jegliches Eifersuchtsdrama von vorneherein aus. Und außerdem besteht nicht dieser Zwang, sich täglich sehen zu müssen. Du weißt, wie sehr ich es hasse, wenn ein Kerl zu aufdringlich wird.«

Oh ja, das weiß ich nur allzu gut. Eva hat schon einige Männer mit einem gebrochenen Herzen zurückgelassen.

Ich kann nicht anders, als diese Frau zu bewundern, ihre lockere Art, wie sie ihr Leben lebt, egal, was auf sie zukommt. Manchmal wünsche ich mir, ich wäre mehr wie sie. »Du hast mir so gefehlt, Eva«, sage ich ihr und meine es auch so.

Es ist schon dunkel draußen, als ich glücklich lächelnd unsere Wohnungstür aufschließe. Der Tag mit Eva hat mir gutgetan. Nur leider muss sie übermorgen schon wieder abreisen, da bei ihr wichtige Prüfungen anstehen.

»Ich bin wieder zu Hause, Schatz«, rufe ich und lege Tasche und Mantel ab. »Justin?«

Laute Geräusche dringen mir aus dem Wohnzimmer entgegen. Er sitzt auf dem Sofa, eine Flasche Bier in der Hand und schaut Fußball. Was sonst? Ich gebe ihm einen Kuss auf die Wange, doch er schiebt mich nur wie eine lästige Fliege beiseite. »Ich kann nichts sehen, du stehst mir im Bild.«

»Ich freue mich auch, dich zu sehen«, entgegne ich wirsch, lasse ihn in Frieden und gehe in die Küche um Essen zu machen. »Justin, wo hast du das Mehl und die Milch hingestellt?«

»Was?«

Ich kehre zurück ins Wohnzimmer, weil ich keine Lust habe, mit dem Kommentator um die Wette zu schreien. »Die Milch, Justin. Wo hast du sie hingestellt?«

»Welche Milch? Ah, verdammt, das hätte ein Tor sein müssen!« Er hebt schnaubend die Hand und verflucht den Spieler.

»Die Milch, die du im Supermarkt kaufen solltest. Ich habe dir doch extra eine Liste gemacht und an den Kühlschrank gehängt.«

»Ich war nicht einkaufen«, sagt er, ohne auch nur einmal den Blick vom Fernseher zu lösen.

»Und wie soll ich bitte Pfannkuchen ohne Mehl und Milch machen?« Wie habe ich es nur anders erwarten können, der Tag war bis jetzt zu schön gewesen. War ja klar, dass irgendetwas, besser gesagt *irgendwer* mir den verdirbt. Wie sonst auch. »Steh auf und geh bitte noch eben einkaufen, schließlich hast du es mir versprochen.«

»Das geht nicht, das Spiel entscheidet über den Aufstieg in die erste Bundesliga.«

»Dann lass mich wenigstens mit deinem Auto fahren.«

Justin sieht mich empört an. Sein Mund ist ein wenig geöffnet, Chipskrümel hängen an dessen Winkel und sein Blick fragt mich, ob ich eine Vollmeise habe. Immerhin habe ich es geschafft, dass er seine Augen vom Bildschirm löst. »Auf keinen Fall. Niemand fährt mit meinem Baby.« Damit wendet er sich wieder seiner Lieblings-beschäftigung zu und die Sache scheint für ihn gegessen zu sein. Er verbietet es mir immer wieder, dabei bin ich eine hervorragende Autofahrerin. Zumindest war ich das, als ich vor neun Jahren meinen Führerschein gemacht habe.

Ich weiß, dass es keinen Sinn hat, mit ihm zu diskutieren. Das habe ich schon zu oft versucht. »Gut«, sage ich trotzig und zucke mit den Achseln,

»dann gibt's halt nichts zu essen.« *Mist, aber ich habe Hunger. Dann kaufe ich halt nur für mich ein, Justin wird schon sehen, was er davon hat.*

Also ziehe ich meinen Mantel wieder an und mache mich auf den Weg zum Supermarkt. Die Strecke dauert eine gute Viertelstunde und nach wenigen Minuten wünsche ich mir, ich hätte bequemere Schuhe angezogen. Jetzt ist es zu spät.

Im Supermarkt angekommen, schiebe ich den Einkaufswagen durch die verlassenen Gänge und betrachte kritisch die Preisschilder unter den angebotenen Waren. Ich muss aufpassen, dass ich nicht zu viel kaufe. Ein zu hohes Gewicht kann ich nicht bis nach Hause tragen und mehr als die grundlegenden Dinge, wie eben Milch und Mehl, kann ich mir diesen Monat auch nicht mehr leisten. Die Nachzahlung für den Strom, die eindeutig Justins Fernsehsucht zu verschulden ist, hat eine tiefe Kerbe in unser weniges Vermögen geschlagen. Wenn man das Bisschen überhaupt als Vermögen bezeichnen kann. Sagen wir, es reicht zum Leben. Gerade so. Es ist furchtbar, jeden Euro zweimal umdrehen zu müssen.

Seufzend lege ich die Milch in den Wagen, als mich jemand von hinten an der Schulter berührt und zögerlich antippt. »Sophia?«

Überrascht drehe ich mich um. So spät am Abend geht kaum noch jemand einkaufen und schon gar keiner, den ich kenne. Hinter mir steht ein junger Mann. Einen Kopf größer als ich, dabei dachte ich, mit meinen 1,75 Metern wäre ich schon hochgewachsen. Er sieht unglaublich gut aus in seinem feinen, dunkelblauen Zweiteiler. Selbst mit den drei Tiefkühlpizzen, die er auf seinem Arm balanciert. »Ja?« Sein Gesicht kommt mir seltsam bekannt vor. Irgendwoher kenne ich ihn.

Er lächelt breit. »Du erkennst mich wohl nicht. Ist ja auch schon neun Jahre her, glaube ich. Wir sind zusammen zur Schule gegangen. Langweiliger Geschichtsunterricht bei Herrn Meyer und unsere Clique, erinnerst du dich?«

»Natürlich, du bist Felix.« Lachend nehme ich ihn in den Arm. »Du meine Güte, ich habe dich wirklich nicht erkannt. Wie geht es dir? Du siehst gut aus.«

Mit geröteten Wangen fährt er sich mit der Hand durch seine blonden Haare und lacht abgehackt. »Mir geht es gut, sehr gut sogar. Ich habe mein Jurastudium erfolgreich abgeschlossen und eine Anstellung in einer guten Anwaltskanzlei hier in der Stadt erhalten, deswegen bin ich vor Kurzem wieder hierher gezogen. Ich komme gerade von einem Klienten und zu meiner Schande ist mein Kühlschrank völlig leer.« Grinsend zeigt er auf die Pizzen.

Ich deute auf meinen spärlich gefüllten Einkaufswagen und verdrehe die Augen. »So wie bei mir.

Justin hat versäumt einzukaufen und jetzt haben wir nicht einmal mehr Milch zu Hause.«

Verwundert sieht er mich an. »Ihr seid immer noch zusammen? Das freut mich sehr für dich.«

»Du scheinst überrascht zu sein«, bemerke ich und schiebe meinen Wagen weiter durch den Gang.

Aus dem Augenwinkel sehe ich, wie er die Schultern hebt, während er mir folgt. »Nun ja, ich war damals nicht überzeugt davon, dass eure Beziehung lange hält, aber es freut mich, dass ich mich geirrt habe. Und seid ihr auch schon verheiratet – wenn ich fragen darf?«

Ich seufze. Da ist er, mein wunder Punkt. Unwillkürlich presse ich meine Lippen zusammen und weiche seinem Blick aus.

»Oh, ich sehe schon, heikles Thema.« Er verzieht das Gesicht zu einer Grimasse. »Tut mir leid.«

»Wenn es nach mir ginge«, antworte ich ihm dennoch, »wären wir schon längst verheiratet. Nur bin ich sehr altmodisch in diesen Dingen, der Antrag ist, finde ich, daher seine Aufgabe. Leider hat Justin es bis jetzt nicht hinbekommen.« Ihm diesbezüglich noch einmal einen dezenten Hinweis zu geben, füge ich augenblicklich zu meiner gedanklichen To-Do-Liste hinzu.

»Bei Justin kannst du doch lange warten«, entgegnet Felix salopp. »Bei dem waren früher schon Hopfen und Malz verloren. Bevor er dich heiratet, macht er eher seinem Auto einen Antrag.« So traurig es ist, aber das klingt genau nach meinem Freund. Ich erwidere nichts darauf und richte meinen Blick stur auf die wackelnden Rollen des Wagens.

»Oh, tut mir leid, das ist mir so herausgerutscht«, meint Felix und klatscht sich selbst mit der flachen Hand vor die Stirn. »Ich meinte damit nicht, dass du es nicht wert wärst, aber er und sein Wagen – das war schon immer eine besondere … Verbindung.«

»Vielleicht solltest du …«

»Ja, hast recht«, unterbricht er mich zerknirscht, »ich mache es nur noch schlimmer.«

Peinliches Schweigen herrscht zwischen uns, als wir gemeinsam zur Kasse gehen. Glücklicherweise steht niemand an, sodass ich sofort bezahlen kann. Ich packe die Lebensmittel in einen Leinenbeutel, den ich mitgebracht habe, und bin unschlüssig, was ich nun tun soll. Auf ihn warten? Oder mich verabschieden und gehen? Nein, das käme mit Sicherheit blöd rüber. Ich trete von einem Bein auf das andere und warte, bis auch Felix bezahlt hat. Wir verabschieden uns freundlich von der Verkäuferin und verlassen den Supermarkt. Draußen nimmt Felix mir den Beutel ab. »Lass mich dir tragen helfen. Wo steht dein Auto?«

»Oh, ich bin zu Fuß hier. Ist nur eine Viertelstunde bis nach Hause.«

Verblüfft sieht er mich an. »Hat Justin seine Karre nicht mehr?«

»Doch, aber das ist sein Ein und Alles, damit lässt er mich nicht fahren.« Ich verdrehe die Augen. *»Niemand fährt mit meinem Baby«*, äffe ich meinen Freund nach.

»Und dann lässt er dich im Dunkeln ganz allein durch die Gegend laufen? Es hat sich also nichts verändert.«

»Sieht so aus.« Ich zucke mit den Schultern. »Aber es macht mir nichts, frische Luft tut gut.«

»Oh nein, damit kommst du mir jetzt nicht an. Bevor dir noch was passiert und ich mir das mein Leben lang vorwerfe, fahre ich dich nach Hause.« Ohne Vorwarnung packt er mich am Unterarm, zieht mich zu seinem Fahrzeug und als ich widersprechen will, sagt er noch: »Ich bestehe darauf.« Er bewegt seinen Fuß unter dem Hinterteil des Wagens, woraufhin sich die Kofferraumklappe automatisch öffnet und er unsere Einkäufe einladen kann. Das nenne ich mal Hightech. Ich beuge mich vor und betrachte mein Spiegelbild in dem glänzenden, dunkelblauen Lack. Felix geht an mir vorbei und hält mir die Tür auf. »Mylady«, raunt er und verbeugt sich vor mir. Breit lächelnd knickse ich und setze mich ins Innere. Er macht die Tür wieder zu, geht um das Fahrzeug herum und schwingt sich behände neben mich auf den Fahrersitz. Dieser typische Neuwagengeruch umfängt mich. Von innen wirkt der Wagen viel geräumiger als von außen, bunte Lichter und Knöpfe schillern mir von der Armatur und Mittelkonsole entgegen und ich fühle mich wie in einem Raumschiff. Das Leder der Sitze ist angenehm kühl und ich lehne mich entspannt zurück. Ich sage ihm, wo ich wohne, und er manövriert das Monstrum sicher auf die Straße.

»Du fährst echt noch mit Gangschaltung?«, frage ich neugierig. »Ich dachte, heutzutage bevorzugt man Automatik.«

Felix lacht. »Bei der aktuellen Verkehrslage wäre das wahrscheinlich deutlich entspannter«, gibt er zu. »Aber dann würde mir der Spaß am Fahren verloren gehen.« Da hat er wohl nicht ganz unrecht.

Mit dem Auto ist die Strecke in weniger als fünf Minuten zurückgelegt und als er anhält und ich aussteigen muss, empfinde ich leichtes Bedauern. Ich habe noch nie so bequem gesessen, wie hier. Er holt mir meinen Beutel aus dem Kofferraum und reicht ihn mir.

»Vielen Dank, dass du mich nach Hause gefahren hast, Felix«, sage ich.

Er lächelt freundlich und nimmt mich zum Abschied in den Arm. »Es hat mich sehr gefreut, dich wiederzusehen, Sophia.« Halb im Gehen dreht er sich noch einmal zu mir um und fragt: »Würdest du dich mit mir zum Abendessen treffen?«

Mein Mund klappt auf und zu, ohne dass ich einen Ton herausbringe. Hitze schießt mir in die Wangen und ich spüre ein leichtes Kribbeln in meinem Bauch.

Er scheint meine Verblüffung zu bemerken und fügt im abgehackten Tonfall hinzu: »Um der alten Zeiten willen. Einfach nur zwei Freunde, die sich nach einer langen Zeit wiedersehen und zusammen Essen gehen. Hast du Lust? Natürlich nur, wenn dein Freund nichts dagegen hat. Er kann auch gerne mitkommen.«

Erleichtert atme ich auf. »Justin hat es nicht so mit Essengehen. Ich hätte schon Lust.« Schelmisch grinse ich ihn an. »Vorausgesetzt, du bezahlst.«

Er lacht laut. »Selbstverständlich.«

»Donnerstag würde bei mir passen. So gegen sieben?«, schlage ich vor.

Mit einer galanten Handbewegung zieht er sich seinen unsichtbaren Hut vom Kopf und verbeugt sich wieder. »Eure Kutsche wird um sieben bereitstehen, Mylady.« Bevor er einsteigt, winkt er mir noch einmal zu.

Lächelnd sehe ich seinem Auto hinterher, bis die Rücklichter von der Nacht verschlungen werden. Dass die Einkäufe mit jeder Treppenstufe immer schwerer zu werden scheinen und ich, oben angekommen, nach Luft schnappe, macht mir nichts aus. Erst, als ich den Schlüssel im Schloss umdrehe, merke ich, dass mir vor lauter grinsen schon die Muskeln im Gesicht krampfen. Heute war doch ein schöner Tag.

Kapitel 2

Sophia

Summend stehe ich vor dem Spiegel im Badezimmer, kämme mir mein widerspenstiges, blondes Haar und flechte es zu einem Bauernzopf. Heute ist die Verabredung mit Felix und ich bin aufgeregt wie bei einem ersten Date. – *Okay, halt, Sophia!* Das ist nur eine Verabredung unter Freunden. Doch ich muss zugeben, dass ich erleichtert bin, mich mit ihm allein zu treffen. Ich habe Justin höflichkeitshalber gefragt, und wie vermutet, hat er Besseres zu tun. Soll mir nur recht sein, dann kann er mir den Abend wenigstens nicht verderben.

Kritisch betrachte ich mein Spiegelbild, greife zum Puder, um die dunklen Schatten unter meinen Augen verschwinden zu lassen. Die letzte Nacht habe ich vor Aufregung kaum schlafen können, und das ist nun die Quittung dafür. Ich kneife mir in die Wangen, damit sie etwas mehr Farbe bekommen.

Als ich einigermaßen zufrieden bin, schlendere ich zum Schrank und ziehe ein rotes Sommerkleid heraus. Dieses ist eines der wenigen Stücke, die ich gesehen und sofort geliebt habe. Ich habe es aus dem Onlineshop eines Ladens, der sich auf den Rockabilly-Stil der 50er Jahre spezialisiert hat. Vor vier Jahren war ich mit Eva auf einer Tanzveranstaltung, bei der die Damen alle solche Kleider mit buschigen Petticoats darunter getragen haben. Am liebsten hätte ich mich sofort für einen Rock'n'Roll-Tanzkurs angemeldet, aber mein Freund hat mir da einen Strich durch die Rechnung gemacht. Wenigstens das Kleid habe ich mir gegönnt. Es flattert mir luftig um die Knie, wenn ich mich bewege. Eigentlich wollte ich es erst zu meinem Geburtstag in drei Wochen anziehen, doch da es Justin eh nicht interessiert, ob ich einen Jutesack trage oder ein schillerndes Ballkleid, und ich sowieso nicht weiß, ob ich überhaupt feiern will, beschließe ich, das Kleidchen heute Abend zu tragen. Ich ziehe mich an und werfe einen Blick auf die Uhr. Es ist fünf vor sieben. Felix wird mich jeden Augenblick abholen. Mal sehen, ob er immer noch so überpünktlich ist wie früher.

Ich laufe ins Wohnzimmer, wo Justin auf dem Sofa herumlungert – wie immer. »Bis später, Schatz«, sage ich und gebe ihm einen Kuss auf die Wange.

»Was machst du?«, fragt er, ohne mich anzusehen.

»Ich gehe mit Felix essen, das habe ich dir doch erzählt.«

»Ach ja … Grüß ihn mal.«

Ich klaube meine Tasche vom Boden auf und haste in den Flur, um mir Ballerinas anzuziehen, doch ich finde nur einen. »Justin, hast du den anderen Ballerina gesehen?«

»Woher soll ich wissen, wo deine Schuhe sind?«

»Vergiss es, ich habe ihn schon gefunden.« Ich fische ihn unter dem Sofa hervor und schlüpfe hinein. »Ich weiß noch nicht, wie spät es wird, aber ich werde dir wohl nichts mehr kochen können. Du musst dir heute mal selbst etwas machen.«

Er antwortet nicht, wirft mir nur einen kurzen Blick zu. »Was hast du da an?«, fragt er.

Ich halte in der Bewegung inne, einen der Ballerinas immer noch in meiner Hand, mit der anderen umklammere ich die Rückenlehne des Sofas, damit ich nicht das Gleichgewicht verliere und statt ins Restaurant, mit Felix ins Krankenhaus fahren muss. Verblüfft schaue ich an mir hinunter. Das plötzliche Interesse an meinem Aussehen überfordert mich regelrecht, daher weiß ich wirklich nicht, wo ich seine Frage gerade einordnen soll. »Mein Lieblingskleid. Wieso?«

»Du siehst aus wie eine Nutte, zieh dich um.«

Seine Worte treffen mich wie eine Ohrfeige. Meine Wangen werden heiß und aus der leisen

Freude daran, dass er mich überhaupt angesehen, nein, meine Anwesenheit *registriert* hat, wird Ernüchterung. »Wie bitte? Ich sehe nicht aus wie … wie eine *Nutte*.«

»Wenn mir deine Möpse schon ins Gesicht springen, glaubst du, das sehen die anderen Kerle nicht auch?«

»Was … ich …« Es klingelt an der Tür. »Ich muss los.« Schnaubend greife ich mir ein Tuch und wickle es mir um die Schultern, während ich die Treppenstufen hinunterlaufe. Das ist ein Rockabilly, natürlich wird die Figur betont, besonders der Busen. So ein Blödmann. Erst nimmt er mich seit längerer Zeit das erste Mal wieder richtig wahr und prompt endet es mit einer Beleidigung. Jeden guten Moment muss er zunichtemachen. Ich stoße die Haustür auf. Felix grinst mir freudig entgegen und damit scheint sich meine Wut in Luft aufzulösen.

»Hallo Sonnenschein«, sagt er, wie er es früher zur Schulzeit auch so oft getan hat, und nimmt mich in den Arm. »Bist du bereit?«

»Bereit wofür?«, frage ich neugierig und steige in seinen Wagen.

»Bereit für wahre Köstlichkeiten«, sagt er, als er neben mir sitzt, lacht und losfährt. »Lass dich überraschen.«

Eine Weile lausche ich den Liedern im Radio und beobachte durch das Fenster, wie die Landschaft an mir vorbei zieht. Diese Ledersitze sind so bequem, es würde mich nicht wundern, wenn ich jeden Augenblick einschlafe.

»Woran denkst du?«, fragt Felix.

»Ich bin unschlüssig, ob es vielleicht doch eine Dummheit war, in deinen Wagen zu steigen ohne das Ziel zu kennen«, gebe ich zu. »Was ist, wenn du ein Serienkiller bist? Immerhin haben wir uns lange nicht gesehen, ich habe keine Ahnung, was für ein Typ Mensch aus dir geworden ist.«

»Wenn ich ein Killer wäre und deinen Leichnam im Wald verscharren wollte, hätte ich mir etwas Bequemeres als ein Hemd angezogen.« Entsetzt starre ich ihn an, und er fängt lauthals an zu lachen. »War nur ein Scherz. Du wirst mir wohl vertrauen müssen, Sonnenschein.«

Nach etwa zwanzig Minuten parkt er irgendwo im Nirgendwo auf einem Schotterplatz. Das kleine Backsteingebäude nimmt mir das mulmige Gefühl. Es sieht süß aus mit seinen weißen Fensterläden und der grünen Eingangstür. Große Hortensienbüsche mit blauen Blüten säumen den Eingang und laden zum Träumen ein. Ich habe keine Ahnung, wo wir sind, denn zu meiner Schande muss ich gestehen, dass ich den Orientierungssinn einer Bockwurst habe, was aber keine Einschränkung meiner Autofahrkünste darstellt, auch wenn Justin etwas anderes behauptet. Es dämmert bereits, doch das

Häuschen wird wunderschön von vielen Laternen beleuchtet.

»Was ist das hier?«, frage ich fasziniert und steige aus dem Auto. Felix antwortet nicht, stattdessen bietet er mir galant seinen Arm. Ich hake mich bei ihm unter und lasse mich von ihm zum Eingang führen. Der Kies knirscht unter meinen Füßen, und ich bin froh, keine Pumps angezogen zu haben. Felix hält mir die Tür auf. Ich trete ein und der wohlige Geruch von frisch gebackenem Pizzateig steigt mir in die Nase.

»Felix!« Eine Frau, sie reicht mir gerade einmal bis zur Schulter, stürmt auf ihn zu und drückt ihn an ihre üppige Brust. »Che piacere!«, ruft sie freudestrahlend, dann schlägt ihre Stimmung um. Sie fasst Felix am Kinn und hält ihm tadelnd den Zeigefinger vor die Nase. »Non ti sei fatto più vedere!« Ich verstehe kein Italienisch, doch sie klingt ein wenig vorwurfsvoll.

»Ciao Francesca«, erwidert Felix, schiebt sie sanft eine Armlänge weg und küsst sie auf die Wange. »È bello vederti. Lass mich dir meine Begleitung vorstellen: Das ist Sophia.«

Die Frau lächelt mich an, mustert mich von Kopf bis Fuß und zieht mich mit einem kräftigen Ruck an sich, sodass ich fast den Halt verliere.

»Ein Mädchen«, ruft sie glücklich. »Und so ein hübsches noch dazu.«

Da dämmert es mir. Und Felix auch. »Oh nein, wir sind nicht …«, reden wir gleichzeitig drauf los und grinsen uns an.

»Wir sind uns zufällig über den Weg gelaufen und wollten einfach mal wieder über die alten Zeiten quatschen«, stellt Felix richtig und ich nicke zustimmend.

Francesca lächelt verschwörerisch. »Kommt mit, ihr zwei Süßen, ich habe genau den richtigen Tisch für euch.«

Wir folgen ihr in die hinterste Ecke des wirklich schnuckeligen Lokals. Es ist recht klein für eine Gaststätte und bietet nur wenigen Tischen Platz. Die Einrichtung erinnert eher an den klassischen Landhausstil, als an eine Ortschaft in der Toskana.

Felix legt einen Arm um meine Taille und beugt sich zu mir hinunter. »Francesca ist eine Freundin meiner Mutter, ich kenne sie schon mein Leben lang«, raunt er mir zu. Er ist mir so nah, dass ich sein Aftershave riechen kann, und ein Schauder der angenehmen Art schüttelt mich.

»Ist sie wütend auf dich?«, versuche ich, mich selbst von seinem Duft abzulenken.

»Während meines Studiums war ich nur sehr selten hier und seit ich wieder zurückgezogen bin, habe ich es noch nicht geschafft vorbeizuschauen. Das nimmt sie mir ein bisschen übel.«

Francesca bleibt an einem eckigen Tisch für zwei Personen stehen, zündet die Kerze an und legt uns die Speisekarten zurecht. Die himmelblauen Servietten auf der weißen Tischdecke wurden kunstvoll zu einem Schwan gefaltet. In einer Vase in der Mitte des Tisches steht eine einzelne Hortensienblüte. Felix rückt meinen Stuhl nach hinten, sodass ich mich setzen kann. Dankend nehme ich Platz. Mir wird ganz warm, Schweiß bricht mir aus, dabei erreicht uns die Hitze der Steinöfen in diesem Teil des Restaurants gar nicht. Ich verstaue mein Tuch in meiner Tasche, um es später nicht zu vergessen. Als ich wieder aufschaue, begegne ich Felix' Blick.

»Du siehst toll aus«, sagt er, während er sich mir gegenüber niederlässt. »Wie eine Herzkönigin.«

Das Blut schießt mir ins Gesicht, ich sehe an mir herunter und mir fällt ein, was Justin zu dem Kleid gesagt hat. Mit glühenden Wangen stütze ich mich mit den Ellenbogen auf der Tischplatte ab und falte meine Hände vor dem Ausschnitt. Um seinen Blick zu vermeiden, lasse ich mein Augenmerk über den Tisch gleiten. Da, die Speisekarte. Hastig greife ich nach ihr und schlage sie auf. »Was kannst du denn empfehlen?«, wechsle ich hoffnungsvoll das Thema und lese mich durch die Seiten. Erst jetzt wird mir bewusst, dass es zu spät ist, um sich für das Kompliment zu bedanken. Ich bin aber auch ein

Idiot! Zu meinem Glück geht er nicht weiter darauf ein.

»Die Pizza ist wirklich bravissima«, lobt er überschwänglich und besieht sich ebenfalls die Karte. »Und die Nudelgerichte … sehr empfehlenswert.« Er spreizt seine Finger weit auseinander, formt Daumen und Zeigefinger zu einem Kreis und führt sie sich an die Lippen. Mit einem lauten Kussgeräusch streckt er den Arm wieder aus und ich muss lachen. »Das hilft mir nicht gerade, meine Auswahl einzuschränken.«

»Magst du Spinat und Knoblauch?«, fragt Felix herausfordernd.

Ich grinse. Das ist gewagt, aber auf den Zug springe ich drauf. »Auf jeden Fall.«

Die Pizza war unbeschreiblich lecker. Satt und einfach nur glücklich sitze ich Felix gegenüber, strahle ihn an und hoffe, dass ich keinen Spinat zwischen den Zähnen habe. Meinen Kopf stütze ich auf der einen Hand ab, die andere lasse ich von der Tischkante baumeln. Ich könnte seiner angenehm tiefen Stimme stundenlang zuhören.

»Einmal, ich glaube, ich war zwölf«, sinniert Felix gerade, »wollte ich mir unbedingt diese Power Rangers Actionfigur kaufen. Also habe ich mir

Francescas Block geschnappt, bin zu den Tischen gelaufen, um die Bestellungen aufzunehmen, weil ich glaubte, so das nötige Kleingeld verdienen zu können. Francesca und meine Eltern haben das natürlich schnell unterbunden, Kinderarbeit ist schließlich ein heikles Thema. Ich war so enttäuscht. Dennoch behauptet Francesca heute noch, sie hätte während ihrer gesamten Laufbahn als Restaurant-besitzerin noch nie so viel Trinkgeld eingenommen, wie an diesem Abend, weil die Gäste Mitleid mit mir hatten.« Seine Augen verengen sich zu Schlitzen, scheinbar nachdenklich legt er Daumen und Zeigefinger an sein Kinn und schaut zur Küche. »Am Ende hat sie mir ein bisschen Taschengeld gegeben, damit ich mir die Figur doch noch kaufen konnte.« Lachend legt er die Denkerpose wieder ab, fährt sich mit der Hand durch die Haare. Er erzählt von weiteren Anekdoten, die ihm als kleiner Junge in diesem Restaurant widerfahren sind, und ich habe Zeit, ihn zu beobachten. Jetzt, wo ich ihn mir genauer ansehe, fällt mir auf, dass er sich kaum verändert hat. Er trägt seine dunkelblonden Haare ein wenig kürzer als früher und der gepflegte Dreitagebart lässt ihn erwachsen wirken. Doch seinen Lippen hängt noch immer der gleiche verschmitzte Ausdruck an, als wäre er für alle Schandtaten bereit. Die Flamme der Kerze spiegelt sich in seinen grünen Augen, sodass sie geheimnisvoll funkeln. Mit diesem Kerl kann man Pferde stehlen. Die obersten Knöpfe seines hellgrauen Hemdes sind geöffnet und er hat die Ärmel hochgekrempelt. Ich muss zugeben, dass ihn dieser Look verdammt sexy aussehen lässt. Justin könnte sich durchaus eine Scheibe von ihm abschneiden. Vielleicht kann ich die beiden dazu überreden, gemeinsam shoppen zu gehen, damit in seinem Kleiderschrank mal etwas anderes außer Jogginghosen zu finden sind. Eine unrealistische Vorstellung, aber man darf die Hoffnung nicht aufgeben.

Ich habe Felix schon immer gemocht. Er ist damals auch in unserer Clique gewesen, doch er war nie mehr als ein Freund. Ich erinnere mich, dass ich mich oft bei ihm wegen Justin ausgeheult habe, weil er unglaublich gut zuhören konnte. Was hat er sich schon alles von mir anhören müssen … So im Nachhinein ist das ganz schön peinlich. Erst jetzt merke ich, dass er zwar immer für mich da war, aber ich nicht für ihn. Ich habe ihn nur dann beachtet, wenn ich ihn gerade brauchte. Was für eine blöde Ziege ich doch war …

»Es tut mir leid«, platzt es aus mir heraus. Felix kraust verwundert die Stirn. »Hast du etwas getan, wofür du dich entschuldigen müsstest?«

Ich beiße mir auf die Unterlippe und seufze. »In der Schule war ich eine egoistische, oberflächliche Kuh. Du sollst wissen, dass ich mich geändert habe.«

Für einen Moment sieht er mich einfach nur an, dann bricht er in schallendes Gelächter aus. »Wir waren alle einmal jung und haben Dinge getan, auf die wir nicht stolz sind«, entgegnet er und grinst verwegen. »Das ist doch Schnee von gestern.«

Nach dem Abitur hat sich der Freundeskreis aufgelöst. Jeder ist seiner Wege gegangen und es tut so gut, wenigstens einen von ihnen wiederzusehen.

Wir bleiben noch eine ganze Weile sitzen, reden über alte Zeiten. Dann bezahlt Felix, wir verabschieden uns überschwänglich von Francesca und gehen hinaus zum Auto. Traurigkeit überkommt mich. Der Abend ist so schön, ich möchte nicht, dass er jetzt schon endet. Ein lauwarmer Sommerwind weht mir ins Gesicht und lässt meine Strähnen tanzen, die sich aus dem Zopf gelöst haben. Ich schließe die Augen und genieße dieses unbeschreibliche Gefühl. »Warme Sommerabende sind toll.«

»Was würdest du sagen, wenn wir das Auto hier stehen lassen und zu Fuß nach Hause gehen?«, fragt Felix plötzlich. Ich öffne die Lider und sehe, wie er mich angrinst. Dabei wackelt er mit den Augenbrauen und sieht aus wie der kleine Junge von damals. »Es ist ein gutes Stück zu laufen, aber es ist so ein toller Abend. Das Auto kann ich auch morgen noch holen.«

Meiner Meinung nach gibt es kaum etwas Schöneres, als bei einem entspannten Spaziergang den Wind im Gesicht zu spüren. Weswegen ich sofort zustimme. »Ich würde sagen, das klingt großartig.« Glücklich lächelnd hake ich mich bei ihm unter und wir machen uns auf den Weg. Kaum haben wir den Schotterplatz hinter uns gelassen, ziehe ich meine Schuhe aus und strahle ihn an. Es ist toll, mit nackten Füßen über den aufgewärmten Asphalt zu laufen.

»Wie in den guten, alten Zeiten«, meint Felix amüsiert. Kleine Fältchen bilden sich um seine Augen.

»Ja, damals war alles noch einfacher …«, murmele ich. »So, und du bist jetzt also ein richtiger Anwalt?« Wir haben genug über die Vergangenheit geredet. Ich will wissen, was er jetzt macht, will herausfinden, wie der erwachsene Felix ist.

Er nickt und ich sehe, wie sich seine Wangen röten. »Ich gebe zumindest mein Bestes. In ein paar Jahren würde ich auch gerne noch meinen Fachanwalt für Arbeitsrecht machen. Klingt doch nicht so spannend, oder?« Er verzieht das Gesicht und sieht mich ein wenig zerknirscht an, weswegen ich schnell den Kopf schüttle. »Anwalt ist Anwalt, das ist ziemlich beeindruckend. Dafür musstest du bestimmt viel lernen.«

»Ich habe mich so durchgewurschtelt«, meint er und winkt ab. »Was ist mit dir?«

Jetzt ist es an mir, verlegen in den Himmel zu schauen. »Ich arbeite in einer Videothek an der Kasse.« Ihn anzusehen fällt mir schwer. Ich habe nie groß über meinen Job nachgedacht, doch neben ihm komme ich mir auf einmal wie eine Versagerin vor. Jetzt wird er mich bestimmt auslachen.

»Macht es dir Spaß?« Entgegen aller Befürchtungen kann ich keinen Spott aus seiner Stimme heraushören. »Na ja. ›Spaß‹ definiere ich anders. Meine Kollegen sind nett und mein Chef ist echt fair. Ich kann mich nicht beschweren.« Aus dem Augenwinkel erkenne ich, wie er langsam nickt. »Warum hast du nicht studiert?«, fragt er weiter. »Oder eine Ausbildung gemacht?«

Ja, warum eigentlich nicht? »Nach dem Abi haben meine Eltern mich aus dem Haus geworfen, weil sie die Beziehung mit Justin nicht gutheißen. Sie haben mir gesagt, dass sie erst wieder mit mir reden, wenn ich zur Vernunft gekommen bin. Also habe ich mir direkt eine Arbeit gesucht und ich fürchte, ich habe es einfach nicht geschafft, mehr daraus zu machen.« Wie denn auch, wenn wir nur von meinem Gehalt leben? Der Tag hat auch für mich nur vierundzwanzig Stunden. Vielleicht wäre es möglich gewesen, wenn Justin sich mehr einbringen würde … Ich hätte ihn nicht so verhätscheln dürfen.

»Oh. Okay.«

Eine Weile schlendern wir schweigend nebeneinander her. Die Gedanken schweifen ab zu meiner Mutter, mit der ich zuletzt vor fünf Jahren gesprochen habe. Es endete in einem heftigen Streit und seitdem herrscht Funkstille. Wehmut überkommt mich. Ich würde es nie vor Justin zugeben, aber sie fehlt mir.

»Was ist mit Justin?«, unterbricht Felix die Stille. »Versorgt er dich?«

Ein schnaubender Laut entfährt mir, den er hoffentlich als Lachen interpretiert. »Justin träumt von der großen Sportlerkarriere. Ein Wunschdenken, wenn man die meiste Zeit seines Lebens auf der Couch verbringt. Nebenbei trainiert er die achtjährigen Nachwuchsspieler. Fußball ist sein Leben. Doch genug von ihm. Erzähl mir mehr von dir. Hast du Hobbys? Und was sagt deine Freundin dazu, dass du mit einer anderen Frau essen gehst?« Ups, da war mein Mund wieder schneller als mein Hirn. Es geht mich ja auch eigentlich überhaupt nichts an. Ich bin schließlich ebenfalls nur so mit ihm ausgegangen.

Er seufzt. Anscheinend habe ich nun seinen wunden Punkt getroffen, und mir tut meine Frage aufrichtig leid. Doch zurücknehmen kann ich sie nicht. Und ich bin doch so furchtbar neugierig.

»Ich habe keine Freundin«, sagt er. »Ich hatte eine, sie heißt Karina. Aber ich habe die Beziehung beendet, bevor ich ausgezogen bin. Wahrscheinlich ist es auch genau der Grund, weshalb ich zurückgekommen bin.«

»Darf ich fragen, was passiert ist?«

Er fährt sich mit der flachen Hand über das Gesicht. »Wir haben uns oft gestritten. Ich fand heraus, dass sie sich in meinen besten Freund verliebt hat und er sich in sie. Also beendete ich es, bevor sie mich betrügen konnten. Menschen verändern sich, entwickeln sich weiter.« Er tritt gegen einen Kiesel, der vor uns über den Bürgersteig rollt. »Mein Studium und gerade der Abschluss haben mich stark in Anspruch genommen. Ich versteckte meine Nase nur noch hinter Paragraphen, habe Karina immer wieder aufs Neue vertröstet, bis es irgendwann einfach nicht mehr ging. Ich bin also nicht unschuldig an der ganzen Misere.« Er schweigt und ich überlege krampfhaft, was ich ihm sagen könnte, ohne dass es zu platt wirkt. Doch egal was, es wäre wohl alles falsch. Also halte ich die Stille aufrecht. Wir kommen an eine Kreuzung, die nur zwei Querstraßen von meiner Wohnung entfernt liegt. Bedauern überkommt mich, weil unser Spaziergang gleich schon zu Ende sein wird.

»Und ich lese gern.«

Verwirrt blicke ich ihn an.

»Entschuldige, die Stille hat mich nervös gemacht«, meint er schmunzelnd. »Und du hast nach meinem Hobby gefragt. Ich lese gern. Am liebsten bei einem leckeren Glas Rotwein. Das entspannt mich, wenn ich einen anstrengenden Tag hatte. Schreibst du noch Gedichte?«

»Das hast du dir gemerkt?« Ich bin vollkommen verblüfft. »Seit dem Abi habe ich nicht mehr geschrieben.«

»Schade, ich habe deine Gedichte immer gemocht.«

Wirklich? Da bist du wohl der Einzige. Justin hat immer gesagt, sie seien Müll …

Plötzlich bleibt er stehen und ich wäre beinahe in ihn hineingelaufen. Wir befinden uns vor meiner Haustür. Das ist schneller gegangen als ich erwartet habe.

»Vielen Dank für den wunderbaren Abend, Felix. Ich freue mich sehr, dass du wieder hier bist.« Ich schenke ihm ein Lächeln.

Er erwidert es, dabei bilden sich kleine Grübchen rechts und links auf seinen Wangen. »Ich habe zu danken, dass du mir deine Zeit geschenkt hast, Sophia.«

Unsicher, wie ich mich nun am besten von ihm verabschiede, stehe ich vor ihm und wippe mit den

Füßen auf und ab. Soll ich ihn wie zuvor umarmen? Ist das zu wenig? Aber wir sind doch nur Freunde? Keine Ahnung, wie man in solchen Momenten handeln sollte.

»Es ist schon spät«, druckst er herum, »ich sollte …«

»Ja, natürlich«, unterbreche ich ihn, während mir die Hitze in den Kopf steigt und ich mir verlegen die gelösten Strähnen hinter die Ohren streiche. »Du musst morgen sicher früh raus …« Ohne dass ich eigentlich weiß, was ich da mache, stelle ich mich auf die Zehenspitzen und hauche ihm einen Kuss auf die Wange. Kaum ist es passiert, überkommt mich eine Hitzewelle. Seine Reaktion warte ich nicht ab, haste mit glühendem Kopf die Treppenstufen hoch. Auf der Hälfte halte ich jedoch noch einmal inne und blicke zögerlich zurück. Ich kann nicht einfach so gehen. Nicht, wenn ich ihn wiedersehen möchte. Sein Lächeln klebt ihm immer noch im Gesicht und er lehnt sich lässig gegen das Geländer. Wenn ihn der Kuss irritiert hat, kann er es verdammt gut verbergen.

»In drei Wochen habe ich Geburtstag«, nehme ich meinen Mut zusammen.

Er zwinkert mir zu. »Wenn das eine Einladung sein soll, dann werde ich sie sehr gern annehmen. Gib mir dein Handy.« Er kommt mir auf den Stufen entgegen und ich reiche ihm mein Telefon. Flugs tippt er auf dem Display herum und gibt es mir zurück. »Jetzt hast du meine Nummer und meine Adresse, Sonnenschein. Schreib mir, wann du feierst, und ich werde da sein.« Er winkt zum Abschied, dann dreht er sich um, steckt die Hände in seine Hosentaschen und schlendert weiter die Straße entlang. Etwas Seltsames steigt in mir hoch. Ein Gefühl, das ich nicht kenne. Es beschert mir eine Gänsehaut, ein sonderbares Kribbeln, das in den Zehenspitzen beginnt und sich durch meinen ganzen Körper zieht. *Was geschieht hier gerade, Sophia?* Kopfschüttelnd betrete ich das Haus und erklimme die letzten Treppenstufen bis zu unserer Wohnung. Das ist sicher nur Einbildung. Doch das Kribbeln will einfach nicht nachlassen, entfacht ein Verlangen in mir, das zeitnahe Zuwendung braucht.

»Justin?« Ich verspüre auf einmal ein dringendes Bedürfnis nach körperlicher Nähe. Mein Freund lümmelt immer noch auf dem Sofa herum, genauso wie ich ihn verlassen habe. Nur ein leerer Pizzakarton auf dem Wohnzimmertisch verrät, dass er zumindest einmal aufgestanden ist, um dem Pizzaboten die Tür aufzumachen. Justin hält seinen Controller in der Hand und zockt eines von diesen ätzenden Ballerspielen. Mir ist es egal. Ohne auf Protest zu achten, setze ich mich auf seinen Schoß und küsse ihn. Hoffentlich hatte er auch Knoblauch auf der Pizza. Doch Justin beschwert sich keineswegs. Der Controller fällt ungeachtet zu Boden, als seine Hände begierig über mein Kleid fahren. Ich spüre eine anschwellende Härte unter meinem Hintern.

»Fick mich«, flüstere ich, und das lässt er sich nicht zweimal sagen. Er hebt mich von sich herunter auf das Sofa und während er sich seiner Hose entledigt, schlüpfe ich aus meinem Slip. Die Hitze zwischen meinen Beinen ist kaum noch auszuhalten. Ich weiß nicht, wo diese Lust auf einmal herkommt, aber sie muss dringend gestillt werden. Küssend fallen wir übereinander her, ich heiße ihn keuchend willkommen und er nimmt mich mit wenigen Stößen. Grunzend sackt er auf mir zusammen. Einen kurzen Augenblick bleibt er so liegen, dann zieht er sich die Jogger wieder an und greift zu dem Controller.

Was war das denn gerade? Der wohl kürzeste, emotionsloseste und unbefriedigendste Sex, den ich in meinem Leben je erfahren habe. Ich bin ein wenig verdattert, mir fehlen die Worte. Ein anderes, komisches Gefühl beschleicht mich. Von sich aus hat er mich tatsächlich schon längere Zeit nicht mehr angefasst … Ob da eine andere ist? Nein, das kann ich mir nicht vorstellen, Justin würde mich niemals betrügen.

Wie gern würde ich mich jetzt an ihn schmiegen, um wenigstens ein bisschen seiner Körperwärme zu ergattern, doch ich weiß ganz genau, dass er kuscheln nach dem Sex verabscheut.

»Gute Nacht, mein Schatz«, murmele ich und streiche mein Kleid glatt. Ich hauche ihm noch einen Kuss auf die Wange und lasse ihn in Ruhe weiter zocken, als wäre nichts zwischen uns gewesen.

Kapitel 3

Sophia

Ungeduldig lausche ich dem Freiton und warte darauf, dass meine beste Freundin endlich ans Telefon geht. Die Neuigkeiten brennen mir auf der Zunge und ich bin gespannt, was sie dazu sagen wird.

»Hallo?«

»Eva, ich bin es. Ich muss dir etwas erzählen. Hast du kurz Zeit?«

»Für dich doch immer, Maus.«

»Du klingst erschöpft, grübelst du schon den ganzen Tag über deinen Studien?«

Sie lacht. »Ach, Süße, ich bin froh, dass du anrufst und mir einen Grund zum Prokrastinieren lieferst.«

Ich mache es mir mit meinem Handy am Ohr auf dem Sofa bequem und fange sofort an zu plappern. »Du errätst nie, wem ich beim Einkaufen nach unserem Treffen begegnet bin. Felix Weber, du erinnerst dich?«

»*Unser* Felix Weber?« Jetzt habe ich wohl ihre Neugier geweckt. »Wie sieht er aus? Ist er immer noch so klein und schmächtig? Du musst mir alles erzählen, Sophia!«

»Dann lass mich ausreden.« Lachend wickle ich mir eine meiner langen, blonden Strähnen um den Finger und beginne zu berichten. »Ich bin nach unserem Treffen noch einkaufen gegangen, weil Justin es mal wieder verpennt hat. Im Supermarkt stand er dann plötzlich hinter mir und hat mich angesprochen. Zuerst habe ich ihn gar nicht erkannt, er ist alles andere als klein, Eva. Und er sah so gut aus in seinem Anzug, er ist nämlich Anwalt. Sag mal, Mausi, isst du gerade?« Ihr Schmatzen ist mir trotz meines Redeschwalls nicht entgangen.

»Ich löffle einen Joghurt. Felix ist also ein richtiger Anwalt? Ich dachte, er wollte Journalist werden.«

»Tja, hat sich wohl anders entschieden. Er möchte sogar noch seinen Fachanwalt für Arbeitsrecht machen und wohnt jetzt auch wieder hier in Wuppertal. Wir sind gestern zusammen essen gegangen. Es war so …«

»Warte, warte, warte«, unterbricht sie mich prompt. »Ihr hattet ein *Date*?«

»Nein, du Dummerchen.« Ich kann mir ein Kichern nicht verkneifen. Was glaubt sie denn, wer ich bin? Als würde ich jemand anderes als Justin mit

Hintergedanken treffen. »Wir sind als Freunde essen gegangen. Um der alten Zeiten willen.«

Ich sehe sie förmlich vor mir, wie sie mit den Augen rollt. »Erzähl doch keinen Quatsch. Niemand geht zu zweit *nur als Freunde* essen, Sophia.« Da ist dieser Ton in ihrer Stimme, den sie immer verwendet, wenn sie meint, ich hätte in meiner kindlichen Naivität wieder etwas Offensichtliches nicht mitbekommen.

»Was du dir da bloß schon wieder einbildest, Eva. Wir sind Freunde und haben viel über die Schulzeit und unsere Clique geredet.« Ein Date, also wirklich. Das ist doch lächerlich.

Aber sie lässt nicht locker: »Ach ja? Hat er dich eingeladen? Dich abgeholt, nach Hause gebracht? Hat er dir seine Nummer gegeben und, oh mein Gott, hat er dich zum Abschied geküsst?«

Unruhig rutsche ich auf dem Sofa hin und her, als mir klar wird, dass ich auf jede Frage nur die gleiche Antwort habe: Ja. Bis auf die letzte.

»So ist das nicht gewesen, Eva«, versuche ich, mich zu erklären. »Natürlich hat er mich abgeholt und nach Hause gebracht, ich darf Justins Auto schließlich nicht fahren. Und ja, er hat mich eingeladen, sonst hätte ich nicht mit ihm essen gehen können, das weißt du doch. Seine Nummer habe ich, weil ich ihn zu meinem Geburtstag einladen möchte.«

»Und der Kuss?«

Kleinlaut gebe ich zu: »Ich habe ihm zum Abschied einen kleinen Kuss auf die Wange gegeben, mehr nicht.«

»Aha«, höre ich Eva sagen, und ich sehe vor meinem geistigen Auge, wie sie grinst. »Wenn du meine Meinung hören willst, Felix ist eindeutig die bessere Partie als Justin. War er schon immer.«

»Du kennst Felix doch gar nicht mehr. Und sei nicht so gemein«, nehme ich meinen Freund in Schutz. »Justin kann manchmal ein Biest sein, ja, aber im Herzen ist er gut. Ein Prinz, wenn du so möchtest.«

»Oh Shit«, entfährt es ihr und ich höre etwas auf den Boden fallen. »Mit einer Hand Joghurt zu essen ist nicht leicht.« Sie flucht. »Okay, Liebes, ich sage es dir auch gerne noch einmal in deiner Disney-Sprache: Felix ist der strahlende Ritter auf seinem weißen Ross, während Justin statt dem Biest wohl eher dem hochnäsigen und eingebildeten Gaston gleicht, den ich nicht mal mit der Kneifzange anfassen würde. Aber was rede ich, du kennst meine Meinung.«

Ja, die ist mir mehr als bewusst. Eva und Justin kann man nicht in einem Raum lassen, wenn man danach kein Blut von den Wänden schrubben möchte. Okay, das ist vielleicht etwas übertrieben. Aber sie gehen sich ständig verbal an die Gurgel, wenn sie aufeinander treffen. Was das angeht, ist es gut, dass Eva so weit weg wohnt.

»Ich bin jetzt schon so viele Jahre mit Justin zusammen. Wirst du ihn denn nie leiden können?«

Sie stößt ein langes, beinahe trauriges Seufzen aus. »Ich mag ihn nicht, nein, und um ehrlich zu sein bemüht er sich auch nicht gerade, das zu ändern. Aber es ist dein Leben, Sophia, und wenn du glücklich bist, dann bin ich es auch.«

»Danke, Eva.« Das plötzliche Klingeln an unserer Wohnungstür lässt mich erschrocken zusammenzucken. »Süße, da steht jemand vor unserer Tür, ich muss leider auflegen.«

»Nicht schlimm«, antwortet sie. »Ich muss mich jetzt auch weiter um meine Forschung kümmern. Bob kommt gleich und ich möchte noch einiges schaffen, bevor wir uns den anderen Dingen widmen. Wenn du verstehst, was ich meine.« Sie lacht. »Pass auf dich auf, Maus, und bestell Felix liebe Grüße von mir. Mach's gut.«

»Mach's besser«, sage ich und drücke einen Kuss gegen das Display in der Hoffnung, dass sie es gehört hat. Ich lege auf, lasse mein Handy auf dem Sofa liegen und hechte zur Tür, an der es bereits zum dritten Mal schellt.

»Ich komme schon«, rufe ich und rutsche fast noch auf einem T-Shirt aus, das sich aus irgendeinem Grund auf den Flurboden verirrt hat.

Nur mit Mühe kann ich mich am Schuhschrank abfangen und ein Fluchen unterdrücken. Ich nehme den Unfallverursacher und werfe ihn in Richtung Badezimmer. Das ist eindeutig nicht mein Oberteil. Mit klopfendem Herzen öffne ich die Tür. »Ja? - Oh.«

Mir ist selbst klar, mit wem ich gerechnet habe, und das war sicherlich nicht die korpulente Frau im Schlabberlook, die mir mit hochgezogener Augenbraue entgegenblickt, eine Hand in die Hüfte gestemmt. Sie sieht aus, als würde sie gerade vom Sport kommen: Die Haare kleben ihr in fettigen Strähnen im Gesicht und auf dem weiten T-Shirt und der Jogginghose sind dunkle Flecken zu erkennen, die entweder auf Schweiß oder Dreck hindeuten. Allerdings weiß ich ganz genau, dass es ihr im Traum nicht einfällt, sich mehr als nötig zu bewegen. »Du scheinst nicht begeistert zu sein, mich zu sehen. Hast du jemand anderen erwartet?« Bevor ich ihr antworten und sie hineinbitten kann, quetscht sie sich an mir vorbei und stolziert ins Wohnzimmer.

»Ich freue mich immer, dich zu sehen, Sylvia«, murmele ich und trotte ihr hinterher. »Dein Sohn ist nicht da, wenn du zu ihm wolltest. Du findest ihn um diese Zeit auf dem Fußballplatz.«

»Das ist auch gut so.« Sie schiebt mit den Fingerspitzen mein Handy zur Seite, als wäre es eine tödliche Krankheit, und lässt sich dann auf dem Sofa nieder. Da neben ihr nicht mehr genug Platz ist, bleibe ich unschlüssig stehen und schweige. Ich halte es nicht für angebracht, ihr etwas zu trinken anzubieten, damit ich sie so schnell wie möglich wieder loswerde. Meine Beziehung zu Justins Mutter ist nicht die Beste, doch ihm zuliebe – und weil ich weiß, wie furchtbar es ist, zu den eigenen Eltern keinen Kontakt mehr zu haben – reiße ich mich jedes Mal zusammen. Es ändert nur nichts daran, dass ich sie durch und durch unsympathisch finde. Und man liebt jemanden ja auch nicht wegen seiner Eltern.

»Was willst du, Sylvia?«, frage ich.

»Den Akkuschrauber abholen«, entgegnet sie spitz und da fällt es mir wieder ein. Sie hat letzte Woche etwas davon verlauten lassen, ihn sich ausleihen zu wollen.

»Warte kurz.« Augenblicklich steuere ich unsere winzige Abstellkammer an und ziehe den Werkzeugkasten unter den ganzen Putzlappen hervor. Nach einigem Wühlen finde ich etwas, das dem gewünschten Teil ähnlich sieht. »Meinst du diesen hier?«, rufe ich und halte den Schrauber in die Luft, damit sie ihn vom Sofa aus sehen kann.

»Genau der.«

Ich verstaue die Kiste wieder an ihrem Platz, verschließe die Tür, um das Chaos dahinter wieder einzusperren, und bringe Sylvia das Werkzeug.

»Hier, wir brauchen ihn im Moment nicht, ihr könnt euch also Zeit lassen.« Sie nimmt den Akkuschrauber entgegen und beäugt mich ungeniert von oben bis unten.

»Du warst aber auch schon schlanker – ist da etwa endlich ein Braten in der Röhre, Sophie?«, fragt sie mich ohne Umschweife, tätschelt mir den Bauch und ich japse empört nach Luft.

»Sophia«, korrigiere ich sie, nachdem ich mich wieder gesammelt habe, »danke, aber ich bin wohl einfach nur fett. Über Kinder haben Justin und ich noch nicht weiter gesprochen …«

»Dann wird es Zeit, ihr seid schon ewig zusammen. Als ich so alt war wie du hatte ich bereits drei Hosenscheißer zu Hause. Und du wirst auch nicht jünger.«

Ich verschränke die Arme vor meiner Brust. »Zehn Jahre sind wir ein Paar, aber das ist kein Grund, dich in unsere Beziehung einzumischen. Ich gehe den ganzen Tag arbeiten, während dein Sohn nur tut, was ihm gefällt. Wer, glaubst du, wird unsere Miete bezahlen, wenn ich mit Kindern Zuhause sitze?«

»Der Staat natürlich.« Sie blickt mich an, als wäre diese Antwort für sie selbstverständlich, während es mir die Galle hochkommen lässt. Nicht im Traum würde ich mein Leben führen wollen wie sie.

»Ich lebe ganz sicher nicht auf Kosten anderer. Und bevor dein Sohn mir keinen Antrag macht und sich einen vernünftigen Job sucht, steht das Thema Kinder nicht zur Debatte.«

»Du würdest eine furchtbare Ehefrau abgeben«, zischt sie und mustert mich erneut mit einem abfälligen Blick.

»Also Kinder bekommen darf ich, aber heiraten nicht?« Entsetzt starre ich sie an, aber sie zuckt nur mit den Achseln. »Wozu sind wir Frauen gut, wenn nicht zum Haushalt führen und Kinder kriegen? Das ist das Einzigste, um das du dir Gedanken machen musst.«

Einzige, nicht einzigste! Doch ich halte mich zurück und schüttele nur fassungslos den Kopf. Diese Frau ist eindeutig noch nicht im 21. Jahrhundert angekommen.

»Ich glaube, es ist besser, wenn du jetzt gehst, Sylvia«, murre ich mühsam beherrscht, balle meine Hände zu Fäusten und trete demonstrativ zur Seite, um ihr den Weg freizumachen. Widerwillig hievt sie sich hoch und folgt mir schnaubend in den Flur. Ich öffne ihr die Tür. Auf der Schwelle bleibt sie stehen und dreht sich zu mir um. »Nur ein glücklicher Mann ist ein guter Mann, Sophie.«

»Auf Wiedersehen«, sage ich aufgesetzt freundlich und verschließe die Tür, sobald ich mir sicher bin, nichts mehr von ihr einzuquetschen. Es ist unmöglich, dass diese Frau nach zehn Jahren immer noch nicht weiß, wie ich heiße. Und dass sie es überhaupt wagt, sich in unser Leben einzumischen! Was denkt sie sich nur dabei?

Aber eigentlich wundert es mich nicht. Justin ist ihr kleiner Prinz, sie hat schon immer alles für ihn gemacht, er muss nur ›Piep‹ sagen und schon kommt sie angelaufen. Und genau das muss ich jetzt ausbaden. Dennoch gehen mir ihre letzten Worte nicht mehr aus dem Kopf. *Nur ein glücklicher Mann ist ein guter Mann.* Ein Schauder läuft mir über den Rücken und ich muss mich unwillkürlich schütteln. Soll das eine Andeutung sein? Weiß Sylvia etwas, das ich nicht weiß?

Nein, wahrscheinlich will sie mir nur ein schlechtes Gewissen einreden, weil ich noch nicht bereit für Kinder bin. Schon gar nicht unter solchen Umständen.

Kapitel 4

Felix

Samstagmittag und es ist wieder soweit. Der allmonatliche Kochabend bei meinen Eltern steht an. Ich drehe mehrere Runden auf dem Parkplatz vor dem Supermarkt, bevor ich eine freie Lücke ergattern kann. Dann hole ich mein Handy aus dem Fach in der Mittelkonsole, öffne das Foto von dem Einkaufszettel, das meine Mutter mir per WhatsApp geschickt hat, und schüttle den Kopf. Sie will wohl eine ganze Armee bekochen. Wie immer.

Lächelnd steige ich aus, schlendere an den parkenden Autos vorbei und schnappe mir einen Einkaufswagen. Bevor ich mich ins Gedränge stürze, halte ich kurz inne und bereite mich seelisch darauf vor. Ich hasse es, wenn so viele Leute zur gleichen Zeit einkaufen gehen, sich gegenseitig die Wagen in die Hacken rammen und noch nicht einmal entschuldigen. Auch wenn es so voll ist, kann man ruhig aufpassen, wo man hinfährt.

Ich wage mich hinein, schiebe den Wagen durch die Gänge, belade ihn mit allem möglichen Zeug, das mir in die Hände fällt und lecker aussieht. Und natürlich auch das, was meine Mutter auf die Liste geschrieben hat. Wenn ich auch nur eine Sache davon vergesse, zieht sie mir wortwörtlich die Ohren lang.

Als ich mich gerade durch den Gang mit den Süßigkeiten kämpfe, sehe ich Frau Müller vor dem Regal mit den Gummibärchen stehen. Sie lebt in der Wohnung unter mir und ist eine alte Frau, mit streng zurückgebundenen, grauen Haaren und einer Strickjacke, die sie immer trägt, wenn ich ihr über den Weg laufe. Was allerdings nicht besonders häufig passiert, denn sie verlässt nur sehr selten das Haus. Sie schaut sehnsüchtig auf das oberste Regalbrett, das für ihre kurzen Arme in schier unerreichbarer Höhe hängt. Ich lenke meinen Wagen in ihre Richtung.

»Guten Tag, Frau Müller«, spreche ich sie an. Sie zuckt leicht zusammen und dreht sich mühsam zu mir um. Seit sie eine neue Hüfte bekommen hat, kann sie sich nicht mehr so gut bewegen. Ihre Augen funktionieren dagegen noch tadellos. »Hallo, Herr Weber.«

»Kann ich Ihnen behilflich sein?«

Sie nickt dankbar und deutet auf eine Tüte *Color-Rado*. Ich gebe sie ihr.

»Wissen Sie, meine Enkelin kommt nächste Woche zu Besuch, und diese hier isst sie besonders gerne.«

»Dann wird sich Ihre Enkelin bestimmt freuen.«

»Lorena ist ein zauberhaftes Mädchen, Sie würden sie sicher mögen.«

Ich muss lächeln. Mit alten Menschen kann man sich herrlich unterhalten. Fünf Minuten und sie erzählen einem ihr ganzes Leben. »Das glaube ich gern. Kann ich Ihnen noch etwas angeben?«

Sie schüttelt den Kopf, sodass sich einige Strähnen ihres dünnen Haares aus dem Zopf lösen. »Vielleicht können Sie demnächst bei mir vorbeikommen, mit der neuen Hüfte bin ich ein wenig eingeschränkt, wissen Sie, und die Glühbirnen in Diele und Wohnzimmer sind kaputtgegangen. Ich bin zu klein, um sie zu wechseln, und traue mich nicht mehr auf eine Leiter. Könnten Sie sie austauschen?«

»Aber selbstverständlich, Frau Müller.«

Sie nickt leicht mit dem Kopf, legt die Haribo-Tüte in ihren Korb und trottet langsam davon. Ich schaue ihr hinterher, bis sie im nächsten Gang verschwunden ist, und wende mich den restlichen Punkten auf meiner Liste zu.

Zwei Stunden später schleppe ich die Einkäufe vom Auto zum Haus meiner Eltern und klingle mit dem Ellenbogen, da mir sonst die Tüten aus den Händen fallen würden. Meine Mutter öffnet mir, sie strahlt mich an, wie sie es immer tut, wenn sie mich sieht.

»Felix!« Sie drückt mir einen Kuss auf die Wange und nimmt mir einen Teil der Einkäufe ab. »Du kommst genau richtig.«

»Hallo Mama.« Ich folge ihr in die Küche, wo auch schon Francesca auf uns wartet. Samstags hat sie ihren freien Tag, und wenn sie nicht im Restaurant kochen kann, dann tut sie es bei meinen Eltern. Sie brennt mit einer Leidenschaft, die ich nur bewundern kann. Ein Tag ohne in der Küche zu stehen, wäre für sie wahrscheinlich die Hölle auf Erden. Da habe ich auch absolut nichts gegen, schließlich lasse ich mich gern mit leckerem Essen verwöhnen.

»Ciao Felix«, ruft sie freudig aus und drückt mich so fest, bis das letzte Quäntchen Luft aus meinen Lungen entwichen ist.

»Ciao bella«, sage ich keuchend, weil ich ganz genau weiß, wie sehr sie sich darüber freut.

»Schon gut, du brauchst dich nicht bei mir einzuschmeicheln«, sagt sie lachend und kneift mir in die Wange. »Ich bin auch so schon ganz vernarrt in dich.«

»Hör auf damit, ich bin kein kleines Kind mehr.«
Doch ich muss auch grinsen.

»Zieh deine Schuhe aus, du machst mir den Boden noch schmutzig. Und dann kannst du uns auch direkt behilflich sein«, befiehlt meine Mutter und ich gehorche ihr artig.

»Francesca hat mir erzählt, dass du ein Mädchen zu ihr ins Restaurant ausgeführt hast«, platzt es neugierig aus ihr heraus, kaum dass ich mich an den rustikalen Holztisch gesetzt und nach dem Schälmesser gegriffen habe.

»Ist nicht wahr?«, fällt auch mein Vater mit ein, der gerade zur Tür hereinkommt.

»Ich freue mich auch dich zu sehen, Pa«, entgegne ich, während ich die Kartoffeln von ihrer Schale befreie.

Grinsend schiebt er sich den Stuhl neben mir zurecht und nimmt Platz.

»Nun erzähl doch schon, Felix«, drängt auch Francesca und fuchtelt mit ihrer Hand vor meiner Nase herum. »Voglio sapere tutto!« Natürlich will sie alles wissen. Und gegen ihr italienisches Temperament habe ich einfach keine Chance. Seufzend gebe ich mich geschlagen. »Also schön, sonst habe ich ja niemals Ruhe. Das Mädchen heißt Sophia, ihr kennt sie, wir haben zusammen Abi gemacht.«

Überrascht lässt meine Mutter das Geschirrtuch sinken und sieht mich an. »Sophia Rosenbaum?«

Ich nicke. Ihr Namensgedächtnis ist immer wieder faszinierend. Das von meinem Vater dagegen …

»Nie gehört«, meint er da auch schon und kratzt sich nachdenklich das bärtige Kinn, woraufhin Mama die Augen verdreht und Francesca schallend lacht. Typisch Papa.

»Ach, Robert, sie war damals in Felix' Freundeskreis«, klärt seine Frau ihn auf und hängt den Abtrockner an den Haken neben dem Küchenschrank. »Wie geht es ihr?«, wendet sie sich wieder mir zu, greift nach den geschälten Kartoffeln und legt sie in die Spüle, um sie zu waschen.

»Gut«, antworte ich. »Ich habe sie zufällig beim Einkaufen getroffen und dann haben wir uns überlegt, wir könnten zusammen essen gehen und in Ruhe über alte Zeiten quatschen.« Die erwartungsvollen Blicke meiner Zuhörer machen mich ziemlich nervös. »Hört auf, mich so anzustarren, das ist auch schon alles, was ich euch erzählen kann.«

Enttäuscht verziehen meine Eltern ihre Gesichter. Sie sind schlimmer als Kinder. Unglaublich.

»Das hat für mich aber nach mehr ausgesehen«, wirft Francesca augenzwinkernd ein. »Du hast ganz schön mit der jungen Dame geflirtet.«

»Was habe ich?« Mit offenem Mund starre ich sie an. Als mir klar wird, wie dämlich das aussehen muss, schließe ich ihn schnell wieder. »Ich habe überhaupt nicht *geflirtet*.«

»Oh doch, ich habe es genau gesehen. Deine Blicke, deine Körperhaltung … stand alles auf Flirtmodus. Und sie war auch nicht gerade abgeneigt.« Sie stupst ihre beste Freundin an und wackelt mit den Augenbrauen. »Christine, dein Sohn ist ein richtiger Frauenschwarm geworden.«

»Hast du uns etwa die ganze Zeit beobachtet?« Ich kneife die Augen zusammen und blicke sie vorwurfsvoll an. Doch sie grinst nur hämisch, zerrupft den Salat und bleibt mir eine Antwort schuldig.

»Siehst du sie wieder?«, fragt meine Mutter hoffnungsvoll. Seit Jahren möchte sie schon meine Freundinnen kennenlernen, doch die Beziehungen haben nie so lange gehalten, dass sich ein Treffen gelohnt hätte. Wodurch sie nicht mehr über die Frauen erfahren konnte, als das, was ich bereitwillig über sie preisgegeben hatte. Mit Karina war es anders. Zwischendurch habe ich wirklich geglaubt, in ihr die Frau meines Lebens gefunden zu haben, doch am Ende habe ich es vergeigt.

»Nein … ja … vielleicht, ich weiß es nicht. Hört auf, mich so etwas zu fragen.« Ich habe keine Ahnung, was ich zurzeit eigentlich will.

Mein Vater rückt näher an mich heran und legt mir einen Arm auf die Schulter. Oh nein, jetzt kommt wieder einer seiner gutgemeinten Ratschläge.

»Merke dir nur eins, mein Sohn: Frauen sind unberechenbar. Egal was du machst, es ist das Falsche. Vertrau mir, ich habe jahrelange Erfahrung.« Lachend duckt er sich unter dem fliegenden Geschirrtuch hinweg und wirft meiner Mutter einen Luftkuss zu. Kopfschüttelnd verschränkt sie die Arme vor der Brust. »Jetzt setz dem Jungen keine Flausen in den Kopf, sondern mach dich auch endlich nützlich und hol das Fleisch aus dem Kühlschrank im Keller.« Auch wenn sie sich um eine strenge Miene bemüht, erkenne ich deutlich, wie ihr Blick weicher wird und sie ihn liebevoll ansieht.

»Wie läuft es bei dir in der Buchhandlung, Ma?«, versuche ich, unsere Unterhaltung auf ein anderes Thema zu lenken. Sie seufzt. »Es ist anstrengend. Wie du weißt, sind wir zurzeit unterbesetzt. Dadurch bleibt jede Menge Arbeit an mir hängen. Aber was beklage ich mich, ich habe mir die Bücher zum Beruf gemacht, und ich bereue keine Sekunde, die ich tagsüber länger im Laden bleiben muss.«

Die plötzliche Vibration in meiner Hose lässt mich erschrocken zusammenzucken. Ich hole mein Handy hervor und öffne die Nachricht. Meine

Augen huschen über die Zeilen und mir wird auf einmal ganz warm in meiner Brust.

Hi Felix, am 19. Mai habe ich Geburtstag und ich würde mich sehr freuen, wenn du ab 18 Uhr zu meiner kleinen Feier kommen würdest. Wo ich wohne, weißt du ja :) Liebe Grüße, Sophia

»Eine Nachricht von dem Mädchen, mit dem du absolut gar nicht geflirtet hast?«, fragt Francesca. »Dann fang sie dir!« Sie schwenkt eine Möhre wie ein Lasso in der Luft herum, was ziemlich albern aussieht.

»Woher weißt du das?« Kann ich denn gar nichts vor ihnen verbergen?

»Ach, Felix, ich bitte dich.« Christine füllt den Kochtopf mit Wasser und stellt ihn auf den Herd. »Wir kennen dich nicht erst seit gestern, man kann es dir förmlich im Gesicht ablesen. Du bist wie ein offenes Buch für uns. Was schreibt sie?«

»Sie lädt mich zu ihrem Geburtstag ein.«

»Glückwunsch, mein Junge«, sagt mein Vater und schlägt mir kameradschaftlich auf den Rücken.

»Mach dir keine Hoffnungen, Pa, ihr Freund wird auch da sein.«

Doch Robert zuckt nur unbekümmert mit den Achseln. »Das mag vielleicht ein Grund sein, aber kein Hindernis. Und wenn sie den Versuch wert ist, was lässt dich zögern?«

Ich stelle fest, dass ich ihm nichts weiter entgegenzusetzen habe. Wo er recht hat …

Kapitel 5

Sophia

Ich werfe einen prüfenden Blick durch den Spion, zupfe schnell den Ausschnitt meines freizügigen T-Shirts zurecht und öffne die Wohnungstür. Auch wenn ich schon ein bisschen schwankend unterwegs bin, schaffe ich es, mein alljährliches Geburtstags-Frust-Saufen erfolgreich zu verbergen.

»Alles Gute zu deinem Ehrentag, Sonnenschein«, lächelt Felix durch einen Strauß gelber Tulpen zu mir herüber.

»Sind die etwa für mich?«

Er nickt eifrig. »Natürlich. Oder hat hier sonst noch jemand Geburtstag?« Zögernd sieht er mich an. »Oder mag die Herzkönigin nur rote Rosen?«

Hach, wie süß von ihm. »Gelb ist perfekt. Aber das wäre doch trotzdem nicht nötig gewesen …« Und ich freue mich so unglaublich doll darüber! Blumen habe ich noch nie bekommen! Gerührt nehme ich den Strauß entgegen, umarme ihn

dankbar und spüre mein Herz wild klopfen. »Wie lieb von dir, vielen Dank, und wie schön, dass du es einrichten konntest.«

»Ich wäre gern früher gekommen, doch meine Klientin ist eine ungeheure Quasselstrippe.«

»Hauptsache, du bist da.«

Ich ergreife seine Hand und ziehe ihn hinter mir her ins Wohnzimmer zu den anderen Jungs.

»Justin, kannst du mal kurz das Spiel unterbrechen? Felix ist da. Du erinnerst dich an ihn?«

»Na klar«, ruft Justin und gibt erstaunlicherweise seinen Controller an Tim weiter. »Was geht ab, Felix? Alles fit?«

Lachend erwidert dieser seinen Handschlag. »Natürlich, bei mir ist alles gut. Bei dir auch, wie ich sehe.«

»Logo, setz dich zu uns, ich stell dich meinen Kumpels vor. Marvin und Tim. Spiel eine Runde mit uns.«

Felix schaut sichtlich unsicher zu mir hinüber, doch ich winke nur lächelnd ab. »Ist schon gut, amüsiert euch ruhig. Ich muss eh erst einmal eine Vase für die Blumen suchen. Ein paar Snacks stehen in der Küche, bediene dich ruhig. Möchtest du ein Bier?«

Er nimmt es dankend an und lässt sich von Justin auf das Sofa zerren. Es wird jetzt mindestens fünf Spiele dauern, bis Felix wieder erlaubt wird, das Sofa zu verlassen. Ich kann also ganz entspannt nach einer geeigneten Vase suche. Als ich eine passende gefunden habe, stelle ich sie auf den kleinen Balkontisch und drapiere die Tulpen, bis es hübsch aussieht. Und weil ich hoffe, so ein bisschen Zeit schinden zu können. Als es nichts mehr herzurichten gibt, greife ich nach meinem Wodka-O und nehme einen langen Schluck. Wartend lehne ich mich an das Balkongeländer und zünde mir eine Zigarette an. Ich weiß schon jetzt, dass ich morgen wieder einen ungemütlichen Kater haben werde, doch es ist mir egal. Mein Geburtstag sieht jedes Jahr gleich aus und die Kopfschmerzen gehören für mich bereits zur Tradition.

Die Zeit vergeht wie im Flug, doch davon bekomme ich nichts mit. Ich setze mich auf den kalten Steinboden, starre durch die Gitterstäbe des Geländers auf die bröckelnde Fassade des Nachbarhauses, trinke und lausche dem Grölen der Männer, während sie sich ebenfalls betrinken und Fifa zocken.

Auf einmal öffnet sich die Balkontür und jemand kommt heraus. Ich drehe mich strahlend der Person zu, doch mein Lächeln erstirbt wieder recht schnell. Es ist nur Tim, der für sich und die Jungs neues Bier aus dem Kasten holt. Nicht Felix. Enttäuscht wende ich mich wieder der mittelprächtigen Aussicht zu. Langsam nähere ich mich dem Punkt, an dem ich in Selbstmitleid versinke. Am Geburtstag von seinen Gästen nicht beachtet zu werden ist ganz schön bitter und irgendwie auch ziemlich frustrierend … Aber ich muss mir das wohl selbst auf die Fahne schreiben. Es war schließlich nicht anders zu erwarten und etwas dagegen unternommen habe ich auch nicht wirklich. Dazu fehlt mir im Moment einfach die Kraft.

»Darf ich mich zu dir setzen?«

Erschrocken zucke ich zusammen. Ich habe nicht bemerkt, dass wieder jemand herausgekommen ist. Ich nicke und rutsche ein wenig zur Seite, um Felix Platz zu machen.

»Justin hat mich nicht mehr gehen lassen«, entschuldigt er sich. »Er benimmt sich, als wäre es sein Geburtstag.«

»Ist schon okay.« Ich versuche, nicht allzu sehr zu nuscheln.

»Ich wusste nicht, dass du rauchst.«

Wie zur Bestätigung führe ich die Zigarette an meine Lippen und nehme einen tiefen Zug. »Ich rauche nur, wenn ich mich betrinke.«

»Du hast dich früher mit Händen und Füßen dagegen gewehrt.« Er legt die Stirn in Falten und sieht mich aus traurigen Augen an.

»Menschen ändern sich.«

»Du bist betrunken«, stellt er fest.

»Ja. Mit Absicht.«

»Was veranlasst dich dazu, allein draußen auf dem Balkon zu sitzen und dich zu betrinken?«

Ich merke, wie meine Hände langsam anfangen meiner Kontrolle zu entgleiten. Sie zittern, eine leichte Taubheit breitet sich aus und mir verschwimmt die Sicht vor meinen Augen. Blinzelnd versuche ich, meinen Blick zu schärfen. »Vielleicht, weil ich wieder ein Jahr älter geworden bin oder weil ich jedes Jahr aufs Neue am Geburtstag feststellen muss, dass ich außer Justin niemanden mehr habe. Meine Eltern weigern sich mit mir zu sprechen und Eva ist zu weit entfernt. Ich wusste nicht, ob du kommen würdest.«

»Habe ich je mein Wort nicht gehalten?« Er klingt verletzt und prompt bekomme ich ein schlechtes Gewissen. Beschämt weiche ich seinem Blick aus.

»Ich habe nicht viel Erfahrung mit Menschen, die zu dem stehen, was sie sagen.« Ich genehmige mir einen weiteren Schluck.

»Wo sind die verdammten Chips, Sophia?«, höre ich Justin lautstark nach mir rufen.

Mir ist klar, dass es nichts bringen würde, ihm zu sagen, dass die Tüten da sind, wo sie immer liegen, also versuche ich, mich auf die Beine zu kriegen. Das ist jedoch schwieriger, als ich angenommen habe.

»Willst du ihm nicht einfach sagen, wo die Chips liegen?«

»Er würde sie ja doch nicht finden«, murmele ich müde.

»Warte, ich helfe dir.« Felix greift mir unter die Arme und zieht mich hoch. War doch gar nicht so schwer. Es dreht sich auch alles nur ein kleines bisschen … Ich schwanke und falle gegen ihn. Hoppla. »'tschuldige.«

Langsam führt er mich zurück in die Wohnung und in die Küche, wo ich die Chips aus der Schublade hole und die Tüte den Jungs bringe.

»Warum hat das so lange gedauert, Babe?«, fragt Justin ohne mich anzusehen und reißt mir die Tüte aus der Hand. Ich hasse es, wenn er mich Babe nennt. Dann komme ich mir so minderwertig vor. Und dass er mich vor Felix so demütigen muss, setzt mir schwer zu.

»Wenn du nur einmal die Augen vom Bildschirm lösen könntest, dann wüsstest du auch, wo in dieser Wohnung was zu finden ist, Justin«, werfe ich ihm vor, doch er reagiert nicht. Ach, was rede ich auch. Es interessiert hier sowieso keinen. Ich stolpere zurück in die Küche und öffne den Kühlschrank. Erst als Felix sanft meine Hand drückt, wird mir bewusst, dass ich ihn mit mir gezerrt habe. Verblüfft lasse ich ihn los. »Ich brauche etwas Neues zu trinken. Möchtest du auch noch was?«

»Ich glaube nicht, dass das eine gute Idee ist. Meinst du nicht, du hast langsam genug getrunken?«

»Wer bist du?«, frage ich ihn ein wenig aufmüpfig. »Etwa mein Beschützer?«

»Komm, Sophia«, versucht Felix offenbar, mich zu beruhigen. Er schließt den Kühlschrank wieder und fasst mich behutsam am Arm. »Du bist müde, ich werde dich ins Bett bringen.«

Oh ja, gute Idee, ein Bett klingt auf einmal unglaublich verlockend.

Widerstandslos lasse ich mich von ihm ins Schlafzimmer führen, und er hilft mir dabei, mich meiner Klamotten zu entledigen. Wie ein kleines Mädchen, das von seiner Mutter ausgezogen wird, lasse ich es mit mir geschehen. Für einen kurzen Moment habe ich Angst, Justin könnte auftauchen und ausrasten, doch dann verwerfe ich diesen Gedanken wieder. Nichts kann ihn von seiner Konsole ablenken.

Nur in Unterwäsche bekleidet stehe ich wankend vor Felix, lächle glückselig und nehme ihn dankend in den Arm. Ich fühle mich auf einmal so beflügelt, so leicht, so schwerelos. War er schon immer so groß?

»Deine Blumen sind das schönste Geschenk, das ich je bekommen habe«, nuschele ich. »Um ehrlich zu sein, sind sie auch das Einzige, was ich seit Langem zum Geburtstag bekommen habe.«

Ich löse mich von ihm, tanze summend durch den Raum, wende mich dem Spiegel auf der Schranktüre zu und betrachte mich kritisch, soweit es mein bereits leicht verschwommener Blick zulässt. Meine Güte, ich habe ziemliche Fettpölsterchen am Bauch bekommen. Ich muss dringend mal wieder zum

Sport gehen. Und meine Brüste sind auch ganz schön prall geworden ... Felix räuspert sich und zieht eine Schachtel aus seiner Hosentasche. »Eigentlich habe ich dir dein richtiges Geschenk noch gar nicht gegeben.«

Mit großen Augen sehe ich ihn an. Er öffnet die Schachtel und zum Vorschein kommt ein feingliedriges Armband. Es ist sehr schlicht und dennoch bezaubernd, mit einem kleinen Anhänger. Ein S für Sophia. Zitternd vor Freude strecke ich ihm meinen Arm entgegen, und er legt es mir an.

»Es ist wunderschön«, flüstere ich gerührt. Meine Augen werden feucht und es löst in mir ein unbeschreibliches Gefühl aus. Jemand hat mich gern, sich Gedanken um mich gemacht.

»Ein würdiges Schmuckstück für eine bemerkenswerte Frau.« Er nimmt mich in den Arm und mir laufen die Tränen die Wangen hinunter. Justin hat mir noch nie etwas geschenkt. Geldverschwendung nennt er es. Und er hat ja auch recht. Allerdings nicht, wenn er es dafür in Alkohol und Pizza investiert.

»Ich werde jetzt gehen.« Felix rückt ein wenig auf Abstand und gibt mir einen sanften Kuss auf die Stirn. Es fühlt sich so gut an. Aber halt! Ich möchte nicht, dass er geht ...

»Warte.« Ich ziehe ihn an mich und drücke ihn noch einmal so fest ich kann. »Ich danke dir.«

Er nickt, wünscht mir eine gute Nacht und lässt mich allein. Ich torkele zu meinem Bett, schlüpfe aus meiner Unterwäsche und kuschele mich in die Decke. Nach nur wenigen Minuten schlafe ich glücklich ein.

Mitten in der Nacht wache ich auf und reibe mir stöhnend die Augen. Der Alkohol bekommt mir wohl nicht gut, und ich fürchte, der Morgen wird für mich nicht besser aussehen. Ich bemerke eine Bewegung neben mir und drehe mich um. Es ist Justin. Schwer atmend entledigt er sich seiner Sachen und kriecht zu mir unter die Decke.

»Wo ist mein sexy Schnittchen?«, säuselt er und greift nach meinen Brüsten. Brrr, seine Hände sind so kalt. Mürrisch drücke ich ihn von mir fort.

»Du bist betrunken, Justin.« Dabei kann ich ihm deswegen nicht einmal einen Vorwurf machen. Ich rieche wahrscheinlich nicht besser als er.

Er lässt sich auch nicht so leicht abwimmeln. »Komm schon, Babe«, grunzt er. »Du verzichtest doch nicht etwa auf deinen Geburtstagsfick?«

»Justin, bitte, mir ist nicht danach.« Doch er hört nicht auf mich, packt mich an der Hüfte und dreht mich mit Schwung auf den Bauch.

»Justin, nein … Tu das nicht!«

Dann legt er sich mit seinem gesamten Gewicht auf mich, sodass ich mich ihm nicht mehr entziehen kann. Ich schließe die Augen und lasse es geschehen.

Stumm fließen die Tränen meine Wangen hinunter, als er hart in mich eindringt. Ich halte mich an den Stangen am Kopfende unseres Bettes fest, um das Unvermeidliche so angenehm wie möglich zu machen, als Justin plötzlich innehält.

»Was ist das?«, fragt er und meint das Armband von Felix.

»Ein Geburtstagsgeschenk, weiter nichts.« Dass es mir viel mehr bedeutet, behalte ich lieber für mich.

»Gut«, entfährt es ihm, dann schlägt er mir auf den Hintern, sodass mir keuchend die Luft entweicht.

»Wer ist dein Löwe?«, stöhnt er in mein Ohr.

»Du«, flüstere ich.

»Lauter!«, fordert er, packt mein Haar und reißt meinen Kopf nach Hinten.

»Du!«

Kapitel 6

Sophia

Am nächsten Morgen habe ich Kopfschmerzen und eine furchtbar trockene Kehle. Ich reibe mir die klebrigen Augen und halte mir stöhnend den Kopf. Dann boxe ich Justin in den Rücken, doch er schnarcht unbeirrt weiter. So ein Mist. Vielleicht werde ich doch langsam zu alt für den ganzen Scheiß. Alkohol und lange Nächte bekommen mir definitiv nicht gut.

Fluchend falle ich mehr aus dem Bett, als dass ich wirklich aufstehe, schleppe mich ins Badezimmer und schaufle mir kaltes Wasser ins Gesicht. Das tut gut. Ich stütze mich auf dem Rand des Waschbeckens ab und betrachte mein Spiegelbild. Die Haut um meine Augenpartie fühlt sich geschwollener an, als zu erkennen ist. Wenigstens etwas. Ein plötzliches Ziehen in meinem Unterleib lässt mich daran erinnern, was letzte Nacht geschehen ist. Meine Unterlippe fängt unkontrolliert an zu beben, ich blinzele, als sich Tränen in meinen Augen sammeln. Von dem eigenen Freund … *Reiß dich zusammen!* Schniefend wische ich mit dem Handrücken die Nässe fort. Der Alkohol verändert Menschen und lässt sie grausame Dinge tun. Man verliert die Beherrschung und ein ›Nein‹ wird nicht mehr als das gesehen, was es bedeutet.

Als ich mich wieder beruhigt habe, putze ich mir die Zähne, um den bitteren Geschmack loszuwerden, und schlurfe ich in Richtung Küche. Mein Magen meldet sich lautstark. Gähnend durchquere ich das Wohnzimmer, steige gerade noch rechtzeitig über den schlafenden Marvin. Tim hat sich schnarchend auf dem Sofa zusammengerollt, die Bierflaschen liegen auf dem gesamten Fußboden verteilt und es stinkt fürchterlich. Herrje, wie viel haben die Jungs getrunken? Ihr Kater wird sicher noch schlimmer sein als meiner. Sie wachen auf, als ich gerade Rührei zubereite und den Speck anbrate. Mit laut knurrenden Bäuchen kommen sie zu mir in die Küche.

»Setzt euch, Jungs«, fordere ich sie auf. Sie gehorchen ohne zu murren und nehmen das Katerfrühstück entgegen. Viele Worte verlieren sie beim Essen nicht gerade, doch das kommt mir auch sehr gelegen. Ich habe keine Lust, mich mit ihnen zu unterhalten, und bin einfach nur erleichtert, als die beiden endlich unsere Wohnung verlassen. So gut es geht versuche ich, das Chaos zu beseitigen. Als es wieder halbwegs erträglich und bewohnbar aussieht, kommt Justin aus dem Schlafzimmer. Perfektes Timing, wie immer.

»Guten Morgen, Babe.« Er legt mir von hinten die Arme um die Taille und küsst mich auf die Wange. Doch ich schiebe ihn nur genervt von mir fort. »Nenn mich nicht Babe.«

Er hebt entschuldigend die Hände. »Okay, alles easy.«

Ich beobachte ihn dabei, wie er sich den kalten Speck und das Rührei einverleibt. Das kann doch nicht mehr schmecken. Aber was denke ich überhaupt darüber nach, seine Essgewohnheiten sind eh sehr sonderbar. »Wir müssen reden, Justin.«

Er verdreht die Augen, und das macht mich wütend, weil er mir dadurch mehr als deutlich zeigt, dass er mich nicht ernst nimmt.

»Worüber?«

»Über gestern Nacht natürlich. Das war nicht in Ordnung von dir.«

»Was denn? Nur weil ich geil war und meine Freundin gefickt habe?«

»Rede nicht in so einem Ton mit mir!«, schimpfe ich und halte ihm drohend den Zeigefinger vor die Nase. »Ich wollte das nicht!«

»Ach, komm schon. Dir hat es doch auch gefallen.« Er grinst und in mir kocht so eine Wut, dass ich ihm dieses dämliche Grinsen am liebsten aus dem Gesicht schlagen würde. Wie kann er das sagen? Nur weil ich seine Freundin bin, macht mich das nicht zu seiner Sexsklavin!

»Mir gefallen?« Empört schnappe ich nach Luft. »Nein, es hat mir nicht gefallen! Du hast mir wehgetan!«

»Komm her, Kleines, und hör auf so zu schreien. In meinem Schädel tanzt eine Horde Elefanten.« Seufzend ergreift er mich an den Händen und zieht mich in seine Arme. »Entschuldige. Was kann ich tun, damit meine Prinzessin wieder lacht?«

»Mach so etwas nicht noch einmal.«

Er nickt. »Nie wieder. Versprochen. Sonst noch etwas?«

Auch wenn das Thema damit noch nicht gänzlich vom Tisch ist, möchte ich im Moment nicht weiter darüber nachdenken. »Da Eva nicht hier ist, guckst du mit mir die neuen Folgen von Gilmore Girls?« Ich zeige alle Zähne, die ich habe, und sehe bestimmt so aus, wie die Grinsekatze aus Alice im Wunderland. Mindestens genauso verrückt.

Einen Moment lang schaut Justin mich einfach nur an und mir kommt es so vor, als würde er es ernsthaft in Erwägung ziehen. »Auf keinen Fall«, sagt er dann. Enttäuschung macht sich in mir breit und ich forme meine Lippen zu einem Schmollmund.

»Tut mir Leid, Babe, aber ich muss gleich noch zum Platz. Ist zwar nur ein Freundschaftsspiel, aber ich habe zugesagt, dass ich komme.«

»Fein«, sage ich. »Dann will ich dich nicht aufhalten.«

Sein entschuldigender Hundeblick kann mir gestohlen bleiben.

»Zu deinem Geburtstag wünsche ich dir alles Liebe, Gute und Glück dieser Welt, mein Herz! Entschuldige, ich habe es gestern einfach nicht mehr geschafft, anzurufen. Ich hoffe, du bist mir nicht böse?« Eva klingt ziemlich zerknirscht am anderen Ende der Leitung, und ich kann mir ein Lachen nicht verkneifen. »Kein Problem, ich weiß ja, wie viel du um die Ohren hast.«

»Oh, Schatz, du hörst dich schrecklich verkatert an. Sag bloß, du hast dich gestern wieder volllaufen lassen?«

»Nimmst du mir das etwa übel? Ich bin jetzt siebenundzwanzig und gehe somit unausweichlich auf die dreißig zu, das ist frustrierend.«

»Ach was. Jetzt fängt das Leben doch erst so richtig an. Wobei eine Frau aus gutem Hause ja eh mit neunundzwanzig aufhört zu zählen, habe ich mir sagen lassen.« Evas Lachen ist so ansteckend, dass ich unwillkürlich grinsen muss. Sie fehlt mir so sehr.

»Und? Ist Felix gekommen?«, fragt sie dann auch schon neugierig. Ich erzähle ihr alles, während ich gedankenverloren an meinem Armband herumspiele. Es ist so wunderschön - Felix hätte kein passenderes für mich aussuchen können. Als ich zu Ende geredet habe, höre ich Eva tief ein- und ausatmen.

»Ist Justin da?«, fragt sie schließlich krampfhaft beherrscht.

»Nein, er hat ein Spiel.«

»Schade, ich hätte ihm gern meine Meinung durch den Hörer geschrien.«

»Ich habe ihm schon gesagt, dass das nicht in Ordnung war. Er hat versprochen, es nie wieder zu tun.«

»Nicht in Ordnung? Das war ein Verbrechen!« Ich kann deutlich vor mir sehen, wie sie sich wütend durch die Haare fährt und sich rote Flecken auf ihrem Hals bilden. »Ach, Liebes«, murmelt sie dann, »es ist so furchtbar schwer, von hier aus auf dich aufzupassen. Versprich mir, dass du ihm einen saftigen Tritt in seine Weichteile verpasst, sollte er das noch einmal versuchen.«

»Du machst dir viel zu viele Sorgen um mich, Eva. Ich kann schon selbst auf mich achtgeben.«

Ich höre ihr tiefes, trauriges Seufzen und verstehe nicht, warum sie es so schlimm findet und alles, was mein Freund tut oder sagt, so negativ auffasst. Justin hat einen Fehler gemacht, doch er hat sich auch entschuldigt, und ich glaube ihm. Er würde es nicht noch einmal machen.

»Weshalb verlässt du ihn nicht endlich?«

»Warum sollte ich das tun? Ich kann mir ein Leben ohne ihn nicht vorstellen.«

»Ja, weil du es ohne ihn nicht kennst, Sophia.«

»Es ist nicht so einfach …« Was bin ich schon ohne Justin? Allein. Verloren. Ein Niemand.

»Doch, das ist es. Du nimmst deine Sachen und gehst.«

»Du verstehst das nicht!«

Für einen Moment ist es still zwischen uns. Ich finde es ganz furchtbar, mich mit ihr zu streiten, doch sie ist im Unrecht! Warum kann sie es nicht einfach akzeptieren? *Beruhige dich, Sophia. Sie ist deine beste Freundin.*

»Es tut mir leid«, murmele ich schließlich.

»Ist schon gut, Liebes. Ich will mich nicht mit dir streiten. Wenn das der Weg ist, den du gehen möchtest, dann halte ich dich nicht auf. Ich habe dir oft genug meine Meinung gesagt. Aber glaube mir, du hast etwas Besseres verdient.«

»Wenn es doch nur so wäre«, flüstere ich, doch da hat sie schon aufgelegt. Verfluchter Mist. Ich weiß, dass sie es nur gut meint, doch es steht ihr nicht zu, so hart zu urteilen. Justin ist ein guter Mann.

Natürlich hat er hin und wieder seine Wutanfälle, und er sagt und tut Dinge, die mich verletzen und einfach nicht in Ordnung sind. Doch ist das ein Grund, eine langjährige Beziehung zu beenden? Fluchend durchkämme ich das Wohnzimmer, finde die Fernbedienung schließlich in der Sofaritze neben unzähligen Chipskrümeln und schalte den Fernseher an. Ich mache es mir gemütlich, brauche jetzt dringend eine Ablenkung. Dann tauche ich ein in das fabelhafte Chaos von *Stars Hollow*.

Kapitel 7

Felix

Ich fühle mich müde und ausgelaugt. Vergangene Nacht habe ich kein Auge zugetan, konnte an nichts anderes mehr denken, als an ihr zauberhaftes Lächeln, das leichte Zucken ihrer Mundwinkel, wenn sie sich amüsiert, und ihren wunderschönen Körper. Ihre spärliche Bekleidung hat ihren Teil dazu beigetragen. Sie hat keine Ahnung, was sie für eine Wirkung auf mich hat, was sie in mir auslöst, da bin ich mir sicher. Sie in diesem betrunkenen Zustand so hilflos zu sehen, hat mich fast wahnsinnig gemacht. Als ich ihr geholfen habe, ihre Klamotten auszuziehen, und sie nur noch in Unterwäsche vor mir gestanden hat … Mein Gott, was hätte ich dafür gegeben, sie in diesem Moment zu berühren, ihre weiblichen Rundungen, die so perfekt sind … Wie gern wäre ich über sie hergefallen. Auch jetzt, nur bei dem Gedanken an sie, fängt meine Hose an zu spannen. *Reiß dich zusammen und konzentrier dich gefälligst auf deine Arbeit!* Lustlos blättere ich durch den Papierstapel voller Urteile und Paragraphen. Meine Aufmerksamkeit lässt sehr zu wünschen übrig. *Verdammt!*

Als mir nach dem Abitur klar geworden ist, dass die von allen verehrte Sophia Rosenbaum sich nicht für den langweiligen Felix Weber interessiert, hat mich das mehr mitgenommen, als der Bauchplatscher vom Drei-Meter-Brett in der siebten Klasse. Damals bin ich zu dem Entschluss gekommen, dass es nur einen Weg gibt, meinen Gefühlen zu entkommen: Ich musste die Stadt verlassen. Das habe ich auch getan, sehr zum Leidwesen meiner Eltern. Sie haben nie den wirklichen Grund erfahren, warum ich fortgegangen bin. Und jetzt, wo ich geglaubt habe, mich mit den unzähligen Beziehungen zu anderen Frauen genug abgelenkt und den Schmerz überwunden zu haben, muss ich feststellen, dass meine Flucht rein gar nichts gebracht hat.

Seufzend fahre ich mir mit der Hand über das Gesicht. Wie kann das jetzt nur weitergehen? Sie ist kein kleines Mädchen mehr, sondern eine erwachsene Frau. Und genauso bin auch ich nicht mehr der kleine Junge von damals. Was ist, wenn wir uns doch zu sehr verändert haben? Vielleicht ist sie nicht mehr die Sophia, die ich kannte.

Möglicherweise jage ich auch nur einer Erinnerung nach, einem Wunschdenken …

Und dann ist da noch Justin. Der Gedanke, dass dieser Mistkerl sie herumkommandiert und benutzt, wie es ihm gefällt, macht mich fürchterlich wütend.

Frustriert schließe ich die Akte und schmeiße sie zu den anderen Aktenordnern auf den Tisch. Es hat keinen Sinn, mich jetzt auf den nächsten Fall vorzubereiten, ich kann mich ja doch nicht darauf konzentrieren. Ich tausche Jeans und Hemd gegen Sportsachen und verlasse meine Wohnung.

Eine Etage tiefer fällt mir ein, dass ich Frau Müller versprochen habe, ihr beim Auswechseln der Glühbirnen in Flur und Wohnzimmer zu helfen. Ich verschiebe mein Laufen gedanklich um ein paar Minuten nach hinten und klingele. Vielleicht hat die alte Dame ja gerade zufällig Zeit. Zu Hause ist sie eigentlich immer. Wenige Augenblicke später öffnet sich die Tür, doch vor mir steht nicht Frau Müller, sondern ihre Enkelin. Lorena heißt sie, soweit ich mich erinnern kann.

»Hi«, sage ich lächelnd. »Ich wollte eben die Glühbirnen deiner Oma wechseln.«

Lorena grinst über beide Ohren. »So, so, die Glühbirnen wechseln.«

Ich brauche einen Moment um zu begreifen, dass sie wohl etwas ganz anderes vor Augen hat als ich.

Die Röte schießt mir ins Gesicht. Wieso müssen Teenager absichtlich immer alles falsch verstehen?

Zum Glück werde ich von Frau Müller gerettet. »Ist das Felix Weber?«, ertönt ihre rauchige Stimme aus der Küche.

»Ja«, rufe ich erleichtert zurück. »Ich wollte die Glühbirnen austauschen, wenn es Ihnen recht ist.«

»Sehr gern, kommen Sie nur herein, mein Junge.«

Lorena versperrt mir bewusst den Weg, und mir entgeht auch nicht, dass sie ihre Brust dabei deutlich nach vorn streckt. Ich halte die Hände in die Luft und quetsche mich an dem Mädchen vorbei, darum bemüht, sie nicht zu berühren. Der muffige Geruch von alten Menschen schlägt mir entgegen.

»Die neuen Birnen liegen auf der Kommode.«

Die Decken in diesem Haus sind relativ niedrig und da ich ziemlich hoch gewachsen bin, brauche ich keine Leiter. Ich recke mich ein wenig nach oben und drehe die kaputte Glühbirne aus ihrer Halterung. Dann schnappe ich mir die Verpackung, hole eine neue heraus und befestige diese. In der ganzen Zeit verfolgt Lorena jede meiner Bewegungen.

»Du bist mir schon ein paar Mal im Flur aufgefallen«, sagt sie. Was sie vorhat, ist nicht zu übersehen. Sie hat sich gegen die Wand gelehnt, den Ausschnitt ihrer Bluse ein wenig vergrößert, sodass der Ansatz ihrer Brüste zu sehen ist, und beobachtet mich lächelnd, während sie sich mit dem Finger eine ihrer langen Haarsträhnen aufwickelt. Ihr kokettes Verhalten macht mich auf unangenehme Weise ziemlich nervös und gleichzeitig verwirrt es mich. Wie alt mag sie wohl sein? Sechszehn? Siebzehn? Ein Mädchen, das sich an einen zehn Jahre älteren Mann heranschmeißt … Was ist nur aus der Jugend geworden? Zu meiner Zeit galten alle ab fünfundzwanzig aufwärts schon als alt.

»Hör zu, Lorena«, flüstere ich, damit Frau Müller uns nicht hören kann, »ich bin nur hier, um deiner Oma zu helfen, und dann bin ich auch schon wieder weg.«

Sie beugt sich zu mir nach vorn. »Wir könnten uns danach wiedersehen.«

Herrje, wenn ihre Oma wüsste, dass ihr kleines Mädchen alles andere als unschuldig ist …

»Ich bin nicht an Minderjährigen interessiert.«

Ihre Lippen verziehen sich zu einer beleidigten Schnute. »Ich werde in wenigen Tagen achtzehn«, sagt sie trotzig und folgt mir ins Wohnzimmer. Während ich auch dort die Birne austausche, kommt sie immer näher an mich heran. Als ich fertig bin, drückt sie mich plötzlich mit unglaublicher Kraft, die ich ihr gar nicht zugetraut hätte, an die Wand und versucht, mich zu küssen. Ich befreie mich aus ihrer Umklammerung.

»Deine Avancen ehren mich, Lorena«, sage ich mit fester Stimme, die keinen Widerspruch duldet. »Aber ich bin nicht der, den du suchst. Tu dir selbst einen Gefallen und hänge dich nicht leichtfertig jedem gutaussehenden Typen an den Hals, sonst wirst du es später bereuen.«

»Wer sagt denn, dass du gutaussehend bist?«, keift sie mir hinterher, während ich mich mit einem schnellen »Auf Wiedersehen, Frau Müller« verabschiede und die Tür hinter mir zuknalle. Dann stürme ich die Treppe hinunter und verlasse das Haus. Draußen hole ich tief Luft und blicke zu dem Fenster, hinter dem sich Frau Müllers Küche befindet. Erleichterung durchflutet mich, als ich niemanden dort stehen sehe. Kopfschüttelnd laufe ich los. Was für ein verrückter Tag. Ich muss endlich den Kopf wieder frei bekommen.

Kapitel 8

Sophia

Ich wache auf. Ein Geräusch hat mich geweckt, vielleicht war es die Vibration eines Handys. Müde quäle ich mich aus dem Bett und tapse durch das Schlafzimmer, bis ich meine Hose gefunden habe. Ich hebe sie auf und schüttle sie so lange, bis mein Telefon zu Boden fällt. Ein verpasster Anruf von Marvin. Na super. Gähnend drücke ich den Rückruf. Der Freiton ertönt nur dreimal, bis auf der anderen Seite der Leitung abgehoben wird.

»Sophia?«

»Was ist so wichtig, dass du mich mitten in der Nacht anrufst, Marvin?«, frage ich anklagend und unterdrücke ein weiteres Gähnen.

»Du musst deinen Freund abholen, er hat Stress.«

»Schon wieder?« Können die Jungs nicht einmal rausgehen, ohne dass sie mit jemandem aneinander geraten? »Wo ist er denn?«

»Im Knast.«

»Im *Knast*?« Schlagartig bin ich wach. »Was habt ihr angestellt?«

»So ein paar Kerle haben uns blöd angemacht.«

»Verfluchte Kacke, Marvin, wie alt seid ihr denn bitte?«

Ich höre, wie er etwas nuschelt, dann, wie ihm das Handy aus der Hand gerissen wird.

»Sophia? Hier ist Tim.« Wenigstens er klingt noch halbwegs nüchtern.

»Justin ist nicht im Knast. Die Polizei hat ihn mit auf die Wache genommen, um seine Personalien aufzunehmen. Aber es wäre besser, wenn du ihn abholst, als wenn wir es tun.«

Ja, da stimme ich ihm ausnahmsweise mal zu.

»Du solltest ihn da schleunigst rausholen, Sophia.«

Wütend drücke ich ihn weg. Nie kann ich die Jungs alleinlassen. Ich bin doch nicht ihre Babysitterin! Und dann verlangt Sylvia von mir, dass ich zu dem großen Kind auch noch ein kleines bekomme? Ganz sicher nicht.

Eilig schlüpfe ich in meine Klamotten, angle mir den Autoschlüssel von der Anrichte im Flur – immerhin lässt Justin seine Schlüssel vorsorglich Zuhause, wenn er mit den Jungs nach einem Spiel etwas trinken geht, um ja keine Vollkatastrophen anzurichten – und haste die Stufen im Treppenhaus hinunter. Draußen eile ich den Bürgersteig entlang, bis ich Justins Auto finde, einen alten, weißen, tiefergelegten Honda Civic mit zwei schmalen, schwarzen Rennstreifen längs auf der Motorhaube. Kein Fahrzeug, das ich mir aussuchen würde, aber die alte Kiste fährt noch brav von A nach B. Ich lasse mich auf den Fahrersitz fallen und hole tief Luft. Es ist schon ein paar Jahre her, dass ich zuletzt gefahren bin. Justin wird ausflippen, wenn er es erfährt. Aber auf der anderen Seite kann er nicht von mir erwarten, dass ich ihn mitten in der Nacht zu Fuß abhole.

Ich starte den Motor und lege den ersten Gang ein. Nach einigem Vor und Zurück schaffe ich es, den Wagen aus der Parklücke zu manövrieren, und fahre los. Bis zur Polizeiwache ist es nicht sehr weit. Zu meinem Glück sind die Straßen wie leergefegt und auch die Plätze neben dem Gebäude unbesetzt. Ich halte mitten auf der Parkfläche, springe aus dem Auto und stürme in die Wache.

»Hallo, ich bin hier, um meinen Freund Justin Kraberger abzuholen«, sage ich und wippe nervös auf den Füßen. Ich bin noch nie in einer Wache gewesen und muss zugeben, dass mir dieses Gemäuer Respekt einflößt.

»Ihren Ausweis?« Der Polizeibeamte scheint auch müde zu sein, wenn er es nicht einmal schafft, einen vernünftigen Satz zustande zu bringen.

»Hier.« Ich reiche ihm meinen Personalausweis über den Tresen und warte ungeduldig, bis er ihn mir mit einem Kopfnicken zurückgibt.

»Ihr …«, mit hochgezogener Augenbraue blickt er mich an, »*Freund* hat eine Anzeige wegen versuchter Körperverletzung und Beamtenbeleidigung am Hals. Sind Sie sicher, dass Sie ihn mit nach Hause nehmen wollen, anstatt ihn in der Ausnüchterungszelle zu lassen?«

Ich kann mir ein Seufzen nicht verkneifen. »Ja, ich bin mir sicher.«

»Sie können im Wartebereich Platz nehmen.«

Erschöpft lasse ich mich auf einen der unbequemen Stühle plumpsen. Wie gern würde ich jetzt in meinem warmen Bett liegen und schlafen, aber nein, der Herr muss mal wieder nur an sich denken. Ich schreibe Tim eine kurze Nachricht, damit er weiß, dass alles gut ist. Zehn Minuten später kommt der Polizist zurück, seine Hand hat sich um Justins Oberarm gelegt und zieht diesen hinter sich her.

»Ich bräuchte dann noch Ihre Unterschrift, Frau Rosenbaum.«

Er schiebt mir ein Formular über den Tresen zu und deutet auf die entsprechenden Stellen. Ohne zu lesen setze ich meine Signatur auf das Papier.

»Wollen Sie nicht erst in Ruhe lesen, was Sie da unterzeichnen?«

»Warum, wollen Sie mir etwa eine Waschmaschine unterjubeln?«

Belustigt zwinkert der Beamte mir zu. »Sorgen Sie dafür, dass sich Ihr Partner ausnüchtert«, rät er mir.

Ich nicke, verabschiede mich und dränge meinen Freund aus der Wache.

»Verdammte Scheiße, Justin!«, fauche ich ihn draußen an und delegiere ihn zum Auto.

»Du bist mit meinem Baby gefahren?«, lallt er vorwurfsvoll.

Ich bleibe ruckartig stehen, wodurch Justin beinahe einen Abflug auf den Asphalt macht, und fuchtle wild mit meinem Zeigefinger vor seiner Nase herum. »Wage es ja nicht, mir jetzt einen Vortrag zu halten! Glaubst du wirklich, ich hätte dich zu Fuß abgeholt? Und zu deiner Information: Ich kann Auto fahren! Außerdem … was denkst du dir eigentlich dabei, einen Polizisten anzupöbeln?« Bedröppelt blickt er mich an und sieht so erbärmlich aus wie ein begossener Pudel. Doch die Nummer zieht bei mir nicht mehr. Ich hatte schon zu oft Mitleid mit ihm. »Es ist mitten in der Nacht«, fahre ich unbeirrt fort, »ich bin hundemüde und muss morgen auch noch arbeiten. Und auf dich wartet der Schiedsrichterlehrgang. Doch trotzdem hast du nichts Besseres zu tun, als dich volllaufen zu lassen und mit irgendwelchen anderen Besoffenen zu prügeln! Sei froh, dass du nur mit einer Anzeige davonkommst.«

Wütend reiße ich die Autotür auf, drücke ihn auf den Beifahrersitz und schnalle ihn an, weil er dazu nicht mehr imstande ist, sooft wie er den Stecker verfehlt. Lautstark knalle ich die Tür zu und setze mich dann selbst hinter das Steuer. Mein Blick fällt auf die Uhrzeit im Display oberhalb der Tacho-Anzeige. Eine Stunde ist bereits seit Tims Anruf vergangen. Eine Stunde, die ich länger hätte schlafen können!

Während der Fahrt sagt keiner von uns ein Wort. Ich weiß auch nicht, worüber ich mit Justin noch reden soll. Die ganze Situation ist so schon absurd genug. Von einem Teenager hätte ich ja nichts anderes erwartet, aber Justin ist verdammt noch mal ein erwachsener Mann. Er sollte seine Grenzen kennen. Das Fass meiner Toleranz ist zwar groß, aber endlich. Und es dauert nicht mehr lange, bis es überläuft.

»Halt an!«, schreit er plötzlich, und ich erschrecke mich so sehr, dass ich mitten auf der Straße eine Vollbremsung hinlege. Zum Glück ist niemand sonst um diese Uhrzeit unterwegs. Wir sind noch nicht ganz zum Stehen gekommen, da reißt Justin schon die Tür auf, beugt sich hinaus und kotzt sich die Seele aus dem Leib. Wunderbar. Dieses Geräusch lässt mich schaudern, es ist absolut widerwärtig, und ich bemühe mich krampfhaft, meinen eigenen Würgereiz zu unterdrücken.

Als sein Magen nichts mehr hergibt, lehnt er sich erschöpft zurück in den Autositz.

»Bist du fertig?« Eigentlich verabscheue ich Herumgezicke, doch in diesem Moment bin ich wirklich richtig sauer.

»Motz mich nicht so an«, brummt er, nickt aber artig, und ich fahre das letzte Stück bis nach Hause. Der Rest der Nacht kann ja lustig werden. Mühselig versuche ich, das Auto in der Lücke zu parken, in der es zuvor auch gestanden hat.

»Achtung, Bordstein!«

Erschrocken zucke ich zusammen, werfe einen Blick in den Seitenspiegel und fahre wieder ein Stück nach vorn.

»Andere Seite einschlagen!«

»Kannst du bitte damit aufhören?«, murmele ich und bemühe mich um Konzentration. Natürlich klappt es nicht beim ersten Mal und ich muss ein bisschen hin- und herrangieren, bis das Auto steht.

»Genau das ist der Grund, warum ich dich nicht an mein Baby lasse.« Wütend hievt er sich aus dem Wagen, schlägt die Tür hinter sich zu und taumelt in Richtung Haus. Schnaubend laufe ich ihm hinterher.

»Hast du schon mal daran gedacht, dass ich wesentlich besser fahren würde, wenn ich ab und zu mal üben könnte?«

»Du kannst es einfach nicht, sieh's ein.« Er holt seinen Haustürschlüssel aus der Hosentasche und versucht erfolglos, das Schlüsselloch zu treffen. Ich seufze. Das kann man sich einfach nicht mitangucken. »Lass mich.« Auffordernd dränge ich ihn zur Seite und schließe die Tür auf.

»Fühlst du dich toll?«, faucht er und stampft durch den Flur und die Treppe hoch.

»Was meinst du?«

»Ob du es genießt, dass du so viel besser bist als ich.«

Verwirrt bleibe ich stehen. »Justin, ich habe nie gesagt, dass ich …«

»Erzähl keinen Scheiß! Hältst du mich wirklich für so blöd? Schmeißt dich an einen Anwalt ran. Ich bitte dich. Glaubst du ernsthaft, er würde dich nehmen?« Seine Stimme wird bedrohlich lauter und ich sehe mich verstohlen um, ob schon eine Tür aufgeht und sich jemand über den Lärm beschwert.

»Justin, sei leise, du weckst die Nachbarn«, versuche ich, ihn zu beschwichtigen, öffne schnell unsere Wohnungstür und schiebe meinen betrunkenen Freund in die Küche, wo ich ihm ein Glas Wasser reiche.

»Du leugnest es also nicht?«

»Was ist dein Problem?« Ich kann einfach nicht fassen, dass er mir Untreue unterstellt. Mir, die ich nicht einmal bemerke, wenn mir ein Kellner nett zulächelt! Doch wenn er so wütend ist, kann das nur heißen … »Habt ihr euer Spiel verloren?«

»Ja«, knurrt er. »Fünf zu drei, dieser Flachpfeife von Schiri gehört der Schwanz abgeschnitten.«

»Sprich nicht so abfällig«, weise ich ihn genervt zurecht.

»Ich lass mir von dir nicht sagen, was ich zu tun habe!« Kaum hat er diese Worte gesprochen, fegt seine Hand über die Arbeitsplatte und schmeißt das Glas gegen den Küchenschrank. Nur Millimeter an meinem Gesicht vorbei. Entsetzt folgt mein Blick dem Wasser, das sich in einer Pfütze sammelt. Die Scherben rieseln klirrend zu Boden. Ich bereue es, ihn nicht doch in der Ausnüchterungszelle gelassen zu haben. Bei Männern, die ihn kontrollieren können.

Für einen Moment stehen wir stumm nebeneinander. Ich habe keine Ahnung, was ich tun soll. Wenn er mich getroffen hätte … Meine Finger fangen unaufhörlich an zu zittern, meine Beine fühlen sich an wie Pudding und ich muss mich an der Spüle festhalten, um nicht in mich zu sacken. Ich spüre Angst in mir hochsteigen. Die Furcht vor meinem Freund und seinen unvorhersehbaren Gewaltausbrüchen. Davor, dass es irgendwann böse für mich enden könnte.

Justin macht einen Schritt auf mich zu, doch um ihm auszuweichen, gehe ich in die Hocke und sammle die Überreste des Glases auf.

»Babe …«, murmelt er, doch ich schüttele nur den Kopf. »Geh endlich ins Bett und schlaf deinen Rausch aus.«

»Es … es tut mir leid.«

Einen Atemzug lang schaue ich zu ihm hoch, er scheint es ehrlich zu meinen, aber es ändert nichts. Der erste Tropfen ist über den Rand des Fasses geschwappt. »Das macht es nicht ungeschehen.«

»Sophia.«

»Geh … einfach.« Ich konzentriere mich darauf, mich nicht an den Splittern zu verletzen, und sehe im Augenwinkel, wie Justin das Zimmer verlässt. Erst als ich mir sicher bin, dass er mich nicht mehr hören kann, lasse ich meinen Gefühlen freien Lauf. Schluchzend sinke ich neben der Pfütze auf die kalten Fliesen. Ich kann einfach nicht mehr.

Kapitel 9

Sophia

»Was ist denn los mit dir, Sophia?«, fragt meine Arbeitskollegin Jenny besorgt, als ich abgehetzt in den Laden gelaufen komme. »Es ist schon fast elf Uhr! Du bist zwei Stunden zu spät! Bambi hat bereits viermal nach dir gefragt. Er war alles andere als gutgelaunt.« Mit Bambi meint sie unseren Chef Herrn Lovanski, der diesen Spitznamen den Glasbausteinen auf seiner Nase zu verdanken hat, die seine Augen unnatürlich groß wirken lassen.

»Es tut mir so leid, ich hätte anrufen sollen!« Eilig ziehe ich meine Jacke aus und starte den Computer. »Was hast du ihm gesagt?« Zum Glück ist nicht viel Betrieb, weswegen es nicht ganz so schlimm ist, dass ich verschlafen und dann noch eine Stunde lang versucht habe, meinen verkaterten Freund aus dem Bett zu schmeißen, damit er seinen Lehrgang nicht verpasst.

»Du hattest einen Vorfall in der Familie. Dein Bruder hatte einen Herzinfarkt.« Sie streicht sich die neongrünen Haare hinter die Ohren und verzieht das Gesicht. »Entschuldige, was anderes ist mir auf die Schnelle nicht eingefallen.«

Mein armer, nicht vorhandener Bruder. So ein tragisches Schicksal hat niemand verdient, auch nicht in einer Notlüge. Aber immerhin deckt sie mir den Rücken. »Danke, Jenny.«

Kaugummi kauend nickt sie mir zu. »Du schuldest mir was. Und da du jetzt endlich hier bist, kannst du mir dabei helfen, die neue Lieferung von Blu-Rays einzusortieren.«

»Mache ich gleich, lass mich nur eben bitte mit dem Boss sprechen.«

Sie streckt ihren tätowierten Daumen zustimmend nach oben und ich haste durch die Tür mit der Aufschrift *Privat*, die in den hinteren Bereich des Ladens führt.

Herr Lovanski erwartet mich mit hochgezogenen Augenbrauen. Er hat sich in seinem Lederstuhl zurückgelehnt und deutet mir nun mit einer Handbewegung, mich auf einen der zwei Stühle vor seinem Schreibtisch zu setzen.

»Herr Lovanski«, beginne ich, noch bevor ich seiner Aufforderung nachkomme. »Es tut mir furchtbar leid, es wird nie wieder …«

»Frau Rosenbaum«, unterbricht er mich lächelnd. »Nun beruhigen Sie sich erst einmal. Ich hoffe, Ihrem Bruder geht es soweit gut? Ich bin besorgt um Sie. Zwei Stunden zu spät, ohne sich abzumelden, und das schon zum wiederholten Mal. Das sieht Ihnen doch eigentlich gar nicht ähnlich.«

Erleichtert atme ich aus. »Ich weiß selbst nicht, wo mir im Moment der Kopf steht.«

Er mustert mich mit einem ernsten Blick. Unruhig rutsche ich auf dem Stuhl hin und her. »Darf ich nun an die Arbeit gehen?«, frage ich hoffnungsvoll.

»Sie sehen mitgenommen aus, Frau Rosenbaum«, stellt er fest, beugt sich vor und verschränkt die Finger ineinander.

»Es war eine anstrengende Nacht«, gebe ich zu, während ich nicht daran zurückdenken will.

»Ihr Zuspätkommen wirft leider kein gutes Licht auf Sie. Ich weiß, beim letzten Mal habe ich ein Auge zugedrückt. Allerdings mit der Voraussetzung, dass es nicht erneut passiert.«

Betreten weiche ich seinem Blick aus. Schuldgefühle kommen in mir auf und gleichzeitig bin ich sauer auf mich selbst. Hätte ich Justin doch einfach schlafen lassen. »So etwas wird nie wieder vorkommen, Herr Lovanski.«

Er seufzt. »Sie werden bestimmt mitbekommen haben, dass sich die Videothek nicht mehr so rentiert wie noch vor ein paar Jahren. Die Welt wird digitaler, Filme streamt man heutzutage im Internet, kaum noch einer verirrt sich hierher.«

»Bitte tun Sie das nicht … Ich brauche diesen Job!« Panik wallt in mir auf. Wenn ich mein Einkommen verliere, können wir die Wohnung nicht mehr halten. Ersparnisse haben wir kaum welche und Justins Verdienst reicht höchstens für einen Wocheneinkauf …

»Es tut mir wirklich leid, Frau Rosenbaum«, murmelt Herr Lovanski bedrückt. »Mich trifft es genauso hart wie Sie, aber ich kann mir zwei Angestellte nicht mehr leisten.«

»Warum ich?«, flüstere ich mit belegter Stimme.

»Das ist nichts Persönliches. Ich kann Sie gut leiden, aber Sie müssen verstehen, dass ich in erster Linie wirtschaftlich denken muss. Nehmen Sie sich für den Rest des Tages frei und reichen Sie für die Dauer der Kündigungsfrist Ihren Resturlaub ein. So haben Sie genug Zeit, sich einen neuen Job zu suchen. Ich bin sicher, dass Sie schnell etwas Passendes finden werden.«

Mit einem Schlag entreißt er mir meine ganze Lebensgrundlage. Wie benebelt erhebe ich mich und gehe aus dem Büro. Ich schnappe mir meine Sachen, ignoriere Jennys fragenden Blick und verlasse die Videothek. Ich habe keine Ahnung, wo mich meine Füße hinführen, lasse sie einfach laufen, zu sehr purzeln die Gedanken durcheinander. Gekündigt.

Weil ich mich absolut verantwortungslos verhalten habe.

Wie aufs Stichwort fängt es an zu regnen. Klasse. Meine Haare kleben mir schon feucht im Gesicht, als ich endlich meinen Schirm in den Tiefen meines Beutels finde und ihn aufspanne. Eine ganze Weile irre ich ziellos durch die Stadt, bis ich vor einem Mehrfamilienhaus stehen bleibe. Was mache ich hier? Ich sehe mir die Namen auf den Klingelschildern an und weiß plötzlich, warum ich hier bin. Felix wohnt in diesem Gebäude. Ich klingle Sturm, doch niemand öffnet mir. Also versuche ich es eine Etage tiefer.

»Hallo?«, erklingt wenige Sekunden später die Stimme einer alten Dame aus der Gegensprechanlage.

»Hier ist eine Freundin von Felix Weber.«

»Er ist noch nicht zu Hause. Meistens erst ab fünf Uhr.«

»Bitte, darf ich mich solange ins Treppenhaus setzen? Es schüttet wie aus Eimern. Ich möchte auf ihn warten.«

»Meinetwegen.« Das Summen gibt mir ein beruhigendes Gefühl. Ich öffne dankbar die Tür, knülle meinen Schirm zusammen und renne fast die Stufen zu seiner Wohnung hinauf. Als ich oben angekommen bin, lehne ich mich keuchend gegen die Wand und rutsche dann auf den Boden. Erst jetzt, wo mein Herzschlag sich wieder beruhigt, wird mir richtig klar, was gerade eben passiert ist. Ich habe meinen Job verloren … Still sitze ich da und starre an die gegenüberliegende Wand, aus der ein Stück des Putzes gebröckelt ist.

Ich weiß nicht, wie lange ich schon warte, doch mein Hintern und meine Beine werden langsam taub. Trotzdem bewege ich mich nicht von der Stelle. Es scheint eine Ewigkeit zu dauern, bis endlich der Klang von schweren Schritten im Treppenhaus widerhallt. Schnell trockne ich die letzten Regentropfen mit einem Taschentuch von meiner Wangen, als jemand um die Ecke gebogen kommt. Ich setze ein schwaches Lächeln auf, doch es erstirbt genauso schnell, wie es gekommen ist. Nicht Felix steigt die Treppenstufen hinauf. Es ist ein älterer Herr, auf seinem Kopf trägt er eine Deerstalker-Mütze, auf der Nase sitzt eine Brille und sein schwarzer Anzug wird von einem beigen Mantel bedeckt. Er hat hochsitzende Wangenknochen, ein kantiges Gesicht und wenn er jetzt noch eine Pfeife zwischen den Lippen stecken hätte, sähe er aus wie Sherlock Holmes.

»Nanu«, stößt er erschrocken aus, als er beinahe über mich stolpert. »Kann ich Ihnen helfen, junge Frau?«

Ich schüttle den Kopf. »Nein, vielen Dank. Ich warte auf Felix Weber.«

»Ist das Mädchen immer noch da?«, ertönt eine kehlige Stimme. Ich erkenne sie wieder, sie gehört zu der Frau, die mir die Tür geöffnet hat.

»Keine Sorge, Frau Müller«, ruft der Herr nach unten, indem er sich über das Geländer beugt. »Ich kümmere mich darum.«

Eine Tür wird geschlossen und der Mann wendet sich mir wieder zu. »Es dauert noch, bis Herr Weber nach Hause kommt. Er ist ein viel beschäftigter Mann. Sind Sie sicher, dass Sie solange auf Ihn warten wollen?«

Ich nicke entschlossen. »Ja, das bin ich. Nur vielleicht … darf ich Ihre Toilette benutzen?«

Der Mann lächelt freundlich. »Natürlich«, murmelt er und setzt den Weg bis zu seiner Wohnung fort. Ich rapple mich hoch und folge ihm. Seine Atmung wird schneller, als er schwerfällig die Stufen hochsteigt, dann höre ich das Klimpern eines Schlüsselbundes. Er bleibt vor einer Tür im Dachgeschoss stehen und öffnet sie.

»Bitte, kommen Sie herein und entschuldigen Sie das Chaos. Als alleinstehender Mann ist es nicht leicht, seine Wohnung aufgeräumt zu halten. Die Toilette ist am Ende des Flures auf der linken Seite.«

Ich bedanke mich und verschwinde schnell im Badezimmer. Mit einem fremden Mann allein zu sein, behagt mir plötzlich überhaupt nicht, doch meine Blase drückt bereits so sehr, dass ich es nicht mehr lange hätte einhalten können. Ein erleichterndes Gefühl überkommt mich. Nachdem ich mir die Hände gewaschen habe, versenke ich mein Gesicht in ein paar Händen voll kaltem Wasser. Das muss reichen, um mich wieder zu Vernunft zu bringen. Als ich das Badezimmer verlasse, wartet der Herr bereits auf mich.

»Möchten Sie eine Tasse Tee haben?«, fragt er höflich, doch ich schüttle nur den Kopf. »Vielen Dank für Ihre Gastfreundschaft, aber ich möchte Felix nicht verpassen.«

Er zuckt mit den Achseln. »Wie Sie meinen, aber es wird bestimmt noch zwei Stunden dauern, bis er heimkommt.«

Ein paar Sekunden ringe ich mit mir, bevor ich nachgebe und nicke. »Ein Tee wäre jetzt genau das Richtige.«

»Setzen Sie sich ruhig schon einmal ins Wohnzimmer«, fordert er mich auf und schlurft in die Küche. Ich gehorche, setze mich auf das schlammgrüne Polster des Sofas und blicke mich um. Die Einrichtung entspricht dem Gelsenkirchener Barock. Wuchtige und edelholzfurnierte Schränke dominieren diesen Raum und lassen ihn düster und erdrückend wirken. Auf der anderen Seite schenken sie mir einen Hauch Vergangenheit und versetzen mich zurück in die 50er Jahre. Sogar das Telefon besitzt noch eine Wählscheibe. An der

Wand hängt ein bereits vergilbtes Foto. Es zeigt meinen Gastgeber und eine Frau beim Picknicken.

»Hier, bitte sehr.«

Ich nehme den Tee dankend entgegen und beobachte, wie sich der alte Mann in einen Sessel sinken lässt.

»Ist das Ihre Frau?«, frage ich und deute auf das Foto.

Er nickt. »Das war sie. Der Krebs hat sie mir vor fünf Jahren genommen.«

»Das tut mir leid«, murmele ich und klammere mich an meine Tasse.

»Das muss es nicht, Kindchen, es ist schließlich nicht Ihre Schuld, oder?« Ein sanftes Lächeln legt sich um seine Lippen und vertieft die Falten um seine Augen. »Alles endet irgendwann und ich bin dankbar für die lange Zeit, die ich mit dieser wundervollen Frau verbringen durfte.«

»Sie haben sie geliebt«, flüstere ich unbedacht.

»Ihre unordentliche und dickköpfige Art hat mich oft zur Weißglut getrieben.« Er lehnt sich in das Polster und nimmt seine Brille ab, um sie zu putzen. »Aber ja, ich habe sie geliebt. Das tue ich immer noch.«

Das ist absolut klischeehaft, kitschig … und einfach unsagbar romantisch. Schnell blinzele ich, um meine Tränen zu verdrängen. Justin würde bestimmt nie in dieser liebevollen Art von mir reden.

Und was ist mit mir? Würde ich in vierzig Jahren so über ihn denken? Nicht, wenn es so weiter geht wie bisher …

»Ich sollte wieder runter gehen, Felix kommt sicher gleich«, sage ich hastig, stelle die Tasse auf den Wohnzimmertisch und erhebe mich. »Danke für den Tee und dass Sie sich Zeit für mich genommen haben.«

»Gern«, antwortet er und drückt meine Hand, die ich ihm zum Abschied entgegen halte. »Den Weg hinaus kennen Sie ja.«

Ich verlasse seine Wohnung, steige die Treppenstufen hinab und setze mich vor Felix' Tür. Und bin wieder allein. Es ist faszinierend, dass es wirklich Paare gibt, die ihr Leben lang zusammenbleiben und sich bis zum letzten Atemzug lieben. Das war auch mein Plan für Justin und mich. Aber im Moment zweifele ich an der Standhaftigkeit unserer Beziehung. Bis zum Ende unseres Lebens ist eine lange Zeit … Um mir die Warterei zu verkürzen, fange ich an die Sekunden zu zählen und als ich gerade bei 2418 angekommen bin, steht plötzlich Felix vor mir. Erschrocken sieht er mich an.

»Mein Gott, Sophia«, stößt er aus, als er sich wieder gefasst hat. Hinter ihm taucht eine weitere Gestalt auf, eine Frau, geschätzt nur wenige Jahre älter als wir. Sie sieht beneidenswert aus in ihrem dunklen, hautengen Kostüm und ihren schwarzen High-Heels mit roter Sohle, dazu die langen blonden Locken ... Im Vergleich zu ihr bin ich eine Naturkatastrophe. Sofort richten sich meine Nackenhaare auf.

»Hi«, sage ich und komme wieder auf die Beine. Mit hochgezogener Augenbraue mustere ich die Fremde, bevor ich mich Felix zuwende. »Ich habe gehofft, mit dir allein reden zu können.«

»Oh, natürlich. Das ist Amanda Brandt, meine Arbeitskollegin aus der Kanzlei«, stellt er die attraktive Frau vor. Sie betrachtet mich ihrerseits mit einem musternden Blick, dann legt sie ihre perfekt manikürte Hand auf seine Schulter und lächelt süffisant. Sie sieht aus, wie der leibhaftige Teufel. Die Verführung in Person. Nur ihre Hörner kann ich nicht finden, vielleicht hat sie diese unter ihrer Mähne verborgen ...

»Es ist wohl besser, wenn ich wieder gehe«, raunt sie. »Wir sehen uns morgen, Felix.« Oh ja, richtig erkannt. *Mach, dass du verschwindest! Ich brauche ihn jetzt sehr viel dringender als du! Was auch immer du mit ihm vorhattest, vergiss es!* Ich bin selbst verwundert über meine plötzliche Stutenbissigkeit, aber ich möchte im Moment einfach, dass Felix für mich da ist. Ihre Absätze hallen im Treppenhaus wider, bis die Tür hinter ihr ins Schloss fällt. Dass ich sie nicht leiden kann, steht für mich jetzt schon fest.

Felix öffnet seine Wohnungstür. »Was ist passiert?«, fragt er besorgt, nachdem er mir meine Jacke abgenommen und an der Garderobe aufgehängt hat.

»Ich habe soeben meinen Job verloren«, gestehe ich kleinlaut. »Es tut mir leid, dass ich dich damit belästige, aber ich wusste nicht, wo ich hin soll und …«

»Hey, ist schon gut.« Er legt seine Hände behutsam auf meine Oberarme und ich merke, wie sich mit der Berührung meine Verspannung etwas löst. »Ich tausche den Anzug kurz gegen etwas Bequemeres. Möchtest du einen Kakao?«

»Ja, sehr gern.«

Er lässt mich los und lächelt aufmunternd. »Setz dich ruhig aufs Sofa, ich bin gleich bei dir.«

Während ich ins Wohnzimmer gehe, sehe ich mich um. Ich bekomme sofort ein schlechtes Gewissen, als ich seine absolut aufgeräumte Wohnung betrachte, und dabei daran denke, wie es bei uns zu Hause aussieht. So ordentlich ist es bei uns nicht einmal, wenn wir Besuch bekommen. Ich will mich gerade hinsetzen, als mir die Bilderrahmen auf der Kommode auffallen. Neugierig sehe ich sie mir an und muss schmunzeln. Auf dem einen Bild sind um die zehn junge Erwachsene in Anzügen und schönen Kleidern zu sehen. Es ist ein Foto von unserer Clique auf dem Abiball. Wie glücklich wir alle aussahen, so voller Erwartung und Hoffnung auf das Leben.

Das nächste Bild zeigt Felix mit seinen stolzen Eltern, es ist vermutlich von seinem Uniabschluss, und ich bin ganz erstaunt, wie sehr Felix seinem Vater gleicht, jetzt, da er ein paar Jahre älter geworden ist. Das markante Kinn und das verschmitzte Lächeln sind eindeutig von ihm, während der liebenswürdige Ausdruck in den Augen unverwechselbar von seiner Mutter herrührt. Ich habe seine Eltern immer gemocht, hatten sie doch stets ein offenes Ohr und ein freundliches Lachen parat. Mich abzulenken tut mir gut, und ich kann für einen Moment sogar vergessen, weshalb ich überhaupt hierhergekommen bin.

Aus dem Nebenraum rumpelt es, ich höre das Zuschlagen von Schranktüren und das Piepen der Mikrowelle, dicht gefolgt von einem Fluchen.

»Alles in Ordnung?«, frage ich besorgt.

»Alles bestens«, erfolgt seine Antwort prompt. Er kommt aus der Küche, reicht mir eine dampfende Tasse Kakao und setzt sich neben mich. Dankbar nehme ich sie entgegen und muss grinsen, als ich mehrere weiße Klümpchen in der braunen Flüssigkeit schwimmen sehe. »Du hast daran gedacht«, sage ich leise und spüre, wie mein Puls vor Freude schneller schlägt.

»Sie waren gut versteckt, aber ich wusste, dass ich noch irgendwo welche habe.«

Lächelnd wärme ich meine kalten Finger an der Tasse und beobachte ihn. Er hat sein Hemd gegen einen dünnen Pulli getauscht und die feine Hose durch eine Jeans ersetzt. Der legere Look steht ihm genauso gut wie seine geschäftliche Kleidung. Wahrscheinlich würde er selbst in Jogginghose noch seriös wirken.

»Willst du mir erzählen, was vorgefallen ist?«

Ich begegne dem sanften Blick seiner grünen Augen und möchte ihm mein Herz ausschütten. »Ich bin wegen Justin zu spät zur Arbeit erschienen, aber eigentlich war es meine eigene Schuld, ich hätte ihn einfach nicht betüddeln sollen, als wäre ich seine Mutter.« Seufzend tippe ich mit dem Fingernagel gegen die Tasse. »Die Videothek rentiert sich nicht mehr, er musste eine von uns entlassen. Und mit meinem Fehlverhalten habe ich ihm die Entscheidung abgenommen.« Jetzt, als ich es ausspreche, wird es mir selbst erst richtig bewusst. »Oh Gott, ich bin arbeitslos!« Hätte ich kein heißes Getränk in der Hand, würde ich mein Gesicht im Kopfkissen vergraben.

»Also eine betriebsbedingte Kündigung«, murmelt Felix. »Ich könnte ihre Rechtmäßigkeit überprüfen, vielleicht …«

»Nein, bitte«, unterbreche ich ihn. »Ich möchte nicht zurück, nicht mehr. Mein Leben läuft gerade ziemlich aus dem Ruder. Lass mich das erst verkraften. Dann schau ich, wie es weitergehen soll.« Ich starre auf den Teppich und bin Felix ungemein dankbar, dass er einfach nur neben mir sitzt und wartet. Diese Eigenschaft habe ich an ihm schon immer sehr geschätzt. Ich weiß, dass ich gerade eigentlich ganz andere Probleme habe und dass ich völlig verrückt sein muss, doch die Teufelin geht mir einfach nicht mehr aus dem Kopf. Ich kann mir gut vorstellen, wie schwer es sein muss, mit ihr zu arbeiten, ohne auf andere Gedanken zu kommen … *Komm schon, Sophia! Felix gehört dir nicht! Er ist ein Mann, natürlich trifft er sich mit anderen Frauen, das ist sein gutes Recht. Und überhaupt solltest du dir um viel wichtigere Dinge Sorgen machen.*

Nach einer Weile des gemeinsamen Schweigens legt Felix seine Hand auf meinen Oberschenkel, eine Geste, die er früher öfters gemacht hat, um mir zu zeigen, dass er da ist, wie ein unerschütterlicher Fels in der Brandung. Und ich weiß nicht, weswegen ich so fürchterlich zusammenzucke, als er mich berührt, warum es mich schlagartig wieder an die Nacht meines Geburtstages erinnert, und blanke Panik in mir hochkriecht. Nur mit Mühe kann ich verhindern, dass der Kakao überschwappt. Erschrocken schaut

Felix mich an, dann verfinstert sich sein Blick urplötzlich.

»Da ist noch etwas anders«, mutmaßt er. »Was hat er getan?« Seine Stimme hat alle Freundlichkeit verloren. Der Wandel verunsichert mich, das kenne ich nicht von ihm. Ich vermeide es, ihn anzusehen, starre wie besessen in die flüssige Schokolade, als könnte ich dort eine Lösung für meine Probleme finden. Aber das wäre zu einfach.

»Verdammt, Sophia, was hat Justin getan?« Sein Ton wird lauter, und ich kann nicht verhindern, dass mir einzelne Tränen in die Augen treten und sich ihren Weg über meine Wangen suchen. »Wir haben beide getrunken«, flüstere ich. »Ich konnte ihn nicht davon abhalten, es ist einfach passiert …«

Ich höre, wie Felix zischend die Luft ausstößt, und wage es vorsichtig ihn anzusehen. »Komm her«, sagt er wieder ganz er selbst und breitet seine Arme aus. Ohne zu zögern stelle ich meine Tasse auf den Wohnzimmertisch und kuschle mich in seine Arme. Dann bricht mein Damm endgültig unter der Tränenlast zusammen. So fühlt es sich also an, wenn um einen herum die altbekannte Welt in sich zusammenfällt. Ich weine und schluchze, erzähle ihm alles von Justin und der Kündigung. Er hört mir zu, streichelt mir zärtlich über das Haar, bis ich schließlich erschöpft einschlafe.

Kapitel 10

Felix

Meine Hände beben. Ich kann nicht, nein, ich *will* nicht glauben, was sie mir erzählt hat. Mein Herz schlägt so hart, dass es mir in der Brust wehtut. Am liebsten würde ich aufspringen und etwas zerschlagen oder einfach nur rennen. Allein Sophia hindert mich daran und sorgt dafür, dass ich Zeit habe, mich zu beruhigen und nachzudenken. Sie liegt immer noch auf mir, ihr Atem geht leise und gleichmäßig. Ihre Wangen sind noch gerötet, doch auf ihr Gesicht hat sich ein entspannter Ausdruck gelegt.

Hiervon habe ich immer geträumt. Nicht von der Situation im Allgemeinen, aber von dieser Frau in meinen Armen. Sie hat sich ihr Leben mit Justin selbst ausgesucht. Ich traue ihm vieles zu, hätte allerdings nie gedacht, dass er wirklich so weit gehen würde.

Sophia bewegt sich ohne aufzuwachen, quetscht mir mein Bein ein, aber ich rühre mich nicht von der Stelle. Sie ist so erschöpft, ich möchte sie ungern aufwecken. Und schon gar nicht will ich, dass sie diese Umarmung verlässt …

Vielleicht ist es auch egoistisch von mir, Sophias derzeitige Verfassung auszunutzen und mir zu wünschen, sie würde nie wieder aufstehen. Sie hat mir gefehlt. Ich habe sie wirklich vermisst, allerdings nicht das Drama, das früher schon immer in unserer Clique vorgeherrscht hat.

Sophia bewegt sich erneut und dieses Mal wacht sie auch auf.

»Entschuldige«, murmelt sie beschämt, streicht sich mit den Händen über das Gesicht und richtet sich auf. Ich bedaure diesen Umstand, aber ich halte mich zurück. So wie sie auf mein unbekümmertes Streicheln ihres Schenkels reagiert hat, bezweifle ich, dass sie weitere Annäherungen meinerseits gutheißen wird. Ich möchte sie unter gar keinen Umständen bedrängen.

»Jetzt musstest du dir meinen ganzen Scheiß anhören«, murmelt sie und wirft mir ein schiefes Lächeln zu. »Du musst mich für eine egoistische Kuh halten.«

»Niemals«, entgegne ich und lasse mich selbst zu einem Grinsen hinreißen, auch wenn mir nicht danach zumute ist. »Du kannst mit deinen

Problemen immer zu mir kommen, Sonnenschein.«
Ich richte mich ebenfalls auf und versuche unauffällig, meinem Bein wieder Leben einzuhauchen, indem ich es langsam bewege.

Dankbarkeit zeichnet sich auf ihren Gesichtszügen ab, bevor sie sich umsieht. »Wie viel Uhr haben wir eigentlich?«

Ich lehne mich zurück und linse durch den kleinen Flur in die Küche, wo eine große Uhr neben dem Kühlschrank hängt. »Gleich neunzehn Uhr.«

Hastig steht sie auf und streicht sich ihren Rock glatt. »Ich sollte gehen, Justin kommt sicher gleich wieder. Er wird sich wundern, warum ich nicht zu Hause bin. Und bestimmt sehen meine Haare aus wie ein zerrupftes Vogelnest. Wenn er mich so sieht, wird er denken …« Sie stockt.

»Verstehe«, murmele ich, damit sie nicht weiterreden muss, und ignoriere den schmerzenden Stich in meiner Brust. Ich kann mir sehr gut vorstellen, was für ein Film in Justins Erbsenhirn ablaufen wird und ich möchte ihm keinen Grund geben, Hand an Sophia zu legen. »Lass mich dich eben fahren, dann bist du schneller zu Hause.« Auch wenn ich sie ungern gehen lassen möchte, denn Justin ist ein Vollpfosten, den man mit Vorsicht genießen muss.

»Nur wenn es dir nichts ausmacht.«

»Absolut nicht.« Schwungvoll stemme ich mich hoch und humpele in den Flur, um meinen Autoschlüssel zu holen.

»Was ist mit deinem Bein?«, fragt Sophia erschrocken, als sie mir folgt.

»Es ist eingeschlafen und fängt gerade an zu kribbeln«, antworte ich und zwinkere ihr zu.

»Oh nein, das tut mir leid.«

Lachend reiche ich ihr die Jacke und halte ihr die Tür auf. »Das ist ein Schmerz, den ich bereitwillig auf mich nehme.«

Während der Fahrt reden wir kein Wort miteinander. Es herrscht eine unangenehme Stille zwischen uns, weil wir wohl beide nicht wissen, was wir sagen sollen. Ich merke ihr an, dass ihr etwas auf der Zunge liegt, höre es an ihrer Atmung, die sich verändert, kurz bevor sie spricht. Das hat sie früher schon immer gemacht, wenn sie nicht mit der Sprache herausrücken wollte und mich stundenlang hat bohren lassen. Dennoch bringt sie kein Wort über die Lippen.

Vor ihrem Wohnhaus verabschiedet sie sich nach kurzem Zögern mit einer schnellen Umarmung. Das schlechte Gewissen, das sie plagt, weil sie in meinen und nicht Justins Armen gelegen hat, ist ihr deutlich anzusehen. Ihre Wangen sind gerötet und sie weicht meinem Blick aus. Das verletzt mich, aber ich kann es verstehen. Sie ist eine durch und durch treue Seele.

»Ruf mich an, wenn du jemanden zum Reden brauchst«, sage ich sanft. Sie lächelt, nickt und steigt aus. »Danke, Felix. Hab noch einen schönen Abend.« Winkend wendet sie sich ab, huscht zur Haustür und wird von dem Wohnhaus verschluckt, als wäre sie nie da gewesen.

Wieder in meiner Wohnung, klappe ich den Laptop auf. Es dauert ein bisschen, bis er hochgefahren ist. Ich sollte bei Gelegenheit in einen neuen investieren, so langsam lohnt es sich. Suchend klicke ich mich durch die Profile des sozialen Netzwerks. »Komm schon, wenn du dich in den letzten zehn Jahren nicht sehr verändert hast, musst du doch hier zu finden sein …« Ich scrolle weiter, bis ich tatsächlich fündig werde. Gott sei Dank. Ich weiß wirklich nicht, wie ich Sophia helfen kann. Man könnte sagen, ich bin mit der Situation dezent überfordert. Allein deshalb, weil ich Angst habe, es nur noch schlimmer zu machen. Die Befürchtung ist dank Justin nicht unbegründet.

Ich öffne das Chatfenster und tippe eine Nachricht. Es dauert einen Moment, dann ist sie online.

Kurz darauf greife ich nach meinem Handy.

»Was für eine freudige Überraschung«, erklingt ihre Stimme am anderen Ende der Leitung.

»Leider ist der Umstand nicht so erfreulich.« Kurzes Schweigen herrscht zwischen uns, dann füge ich hinzu: »Ich brauche deine Hilfe.«

Kapitel 11

Sophia

Als ich wieder zu Hause ankomme, geht es mir schon ein bisschen besser. Und ich muss zugeben, dass ich ungemein erleichtert darüber bin, erst noch ein bisschen Zeit für mich zu haben, bevor Justin von seiner Schiedsrichtertagung zurückkommt. Es ist ein Akt gewesen, ihn überhaupt dazu zu bewegen, an dieser Schulung teilzunehmen, doch ich sehe nicht ein, dass er nur zum Training und zu den Spielen das Haus verlässt und sonst nur vor sich hin vegetiert. Wenn er sich schon in den Kopf gesetzt hat, Fußballprofi zu werden, dann soll er auch gefälligst etwas dafür tun. Wo mich das allerdings hingeführt hat, ist ein anderes Thema, über das ich erst einmal nicht weiter nachdenken möchte. Heute nicht mehr.

Ich tausche den Rock gegen eine bequeme Jogginghose und befreie mich von meinem drückenden BH. Ich habe das Gefühl, ich brauche ihn in einer Nummer größer. Meine Brüste spannen zurzeit öfter und die Bügel stechen mir unangenehm in die Haut. Summend brühe ich mir einen Tee auf und setze mich mit meiner Einhorn-Tasse und einer Dose mit Keksen auf das Sofa. Verträumt lasse ich mich von *Lorelei* und *Rory Gilmore* zu texten, wünsche mich in *Luke's Diner*, als mein Handy klingelt.

»Hallo Liebes.« Eva hört sich seltsam bedrückt an.

»Hey Süße. Wie geht es dir? Du klingst traurig.«

»Mir geht es gut, Sophia. Die Frage ist eher, wie geht es dir?« Der Unterton in ihrer Stimme duldet keine Lügen. Sie weiß irgendetwas. »Felix hat mich angerufen«, gesteht sie, als ich ihr nicht antworte.

»Woher hat er deine Nummer?«

»Er hat mich über *Xing* kontaktiert. Ist das wichtig?«

Nein, ist es eigentlich nicht. »Dann weißt du alles.«

»Ja.«

Dieser Mistkerl. Ich dachte wirklich, dass ich wenigstens ihm vertrauen kann …

»Sei nicht wütend auf ihn«, bittet Eva. »Es war nicht seine Absicht, Geheimnisse auszuplaudern. Er fühlt sich nur so hilflos und glaubt, dass du deine beste Freundin gebrauchen könntest.«

Und damit hat er verdammt noch einmal recht. Ich brauche sie, mehr als jemals zuvor.

»Ich kann hier leider nicht weg, weil ich noch einige Termine mit meinem Professor habe und mit der Hausarbeit schon hinterherhinke, aber du kannst doch am Freitag zu mir kommen.«

»Ich weiß nicht …« Ich bin noch nie allein irgendwohin gefahren.

»Mit dem Zug brauchst du fünf Stunden, und du musst auch nur einmal in Hannover und in Hamburg umsteigen. Kiel wird dir gefallen, Sophia. Wir bummeln durch die Stadt, machen uns ein paar schöne Tage und dann überlegen wir gemeinsam, was wir mit dir anfangen. Was hast du zu verlieren? Gefeuert werden kannst du nicht mehr.«

Ja, was habe ich zu verlieren? Was hindert mich daran, einfach in den Zug zu steigen und meine beste Freundin zu besuchen? Die Antwort auf diese Frage ist leicht: Justin. Er wird es nicht gutheißen. Und er wird auch nicht erfreut sein, von meiner Kündigung zu hören. Vielleicht wäre es gar nicht so schlecht, wenn wir ein paar Tage Abstand voneinander nehmen würden …

»Okay, ich mach's.«

Eva kreischt vor Freude, sodass ich mir das Handy ein Stück vom Ohr weghalten muss. »Du wirst sehen, nach einem Mädelswochenende wird es dir wieder gutgehen!«

Nachdem ich aufgelegt habe, fühle ich mich auf einmal viel entspannter. Es tut gut, eine Entscheidung getroffen zu haben, vor allem eine, die bedeutet, für ein paar Tage einfach mal alles hinter sich zu lassen und von vorn anzufangen. Es ist die Hoffnung auf eine zweite Chance, mein Leben komplett neu zu gestalten. Ihm einen neuen Anstrich zu verpassen und mit Glitzer zu bestäuben. Ja, darauf hätte ich Lust.

Mitten in der Nacht wache ich auf. Mal wieder. Müde und blind taste ich neben mich, doch der Platz ist leer und kalt. Justin ist immer noch unterwegs. Bestimmt sind die Jungs nach dem Lehrgang wieder einen trinken gegangen. Hoffentlich gabelt die Polizei sie nicht erneut auf. Ich rolle mich wie ein Wrap in meine Decke ein, doch egal wie oft ich es versuche, die Müdigkeit möchte nicht wieder über mich kommen. *So was Blödes aber auch!* Also stehe ich auf, wickle mich in einen Bademantel, schlüpfe in meine Puschen und öffne die Schlafzimmertür. Geräusche dringen an mein Ohr, und es dauert einen Moment, bis ich mich aus meiner Schockstarre wieder befreien kann. Was sind das für Schreie? Weint da jemand? Ist das echt oder bilde ich mir das nur ein?

»Justin?« Ich traue mich nicht, das Licht anzuknipsen, deswegen taste ich mich im Dunkeln an der Wand entlang durch die Wohnung. Aus der Wohnzimmertür scheint ein bläulich flimmerndes

Licht in den Flur, welches mir verrät, dass der Fernseher läuft. Vorsichtig schaue ich um die Ecke und lasse meine erhobenen Fäuste wieder sinken.

»Justin.«

Als er mich erblickt, schaltet er den Fernseher ab und lächelt mir zu. Ich bin verwirrt, den hat er noch nie meinetwegen ausgemacht.

»Hey Baby«, sagt er.

Und er nennt mich nicht Babe. Baby ist zwar auch nicht schön, aber immer noch netter als Babe. Und es stellt mich auf eine Stufe mit seinem Auto … Das macht mich argwöhnisch. »Ist alles in Ordnung?«, frage ich zaghaft.

Er kratzt sich am Kinn und seufzt. »Alles gut. Ich kann nur nicht schlafen. Tut mir leid, wenn ich dich geweckt habe.«

»Das hast du nicht.«

»Komm zu mir.« Er streckt fordernd die Hände nach mir aus und ich lasse mich von ihm auf den Schoß ziehen. Dann kuschle ich mich Wärme suchend an ihn. Ich spüre, wie seine Lippen meine Stirn küssen, und vergesse alle Sorgen. Dieser Platz in seinen Armen ist der Schönste auf der ganzen Welt. Sein Herz schlägt kräftig und gleichmäßig, und ich drücke meinen Kopf ganz eng an seine Brust und lasse mich von dem beruhigenden Geräusch wieder in den Schlaf wiegen. Justins großen Hände berühren mich sanft, streicheln mir über den Rücken und schieben sich langsam, aber dennoch ehrgeizig unter meinen Bademantel ... Unwillkürlich stoße ich ihn von mir fort und springe auf. Nein!

»Was ist?«, fragt er missmutig. »Darf ich dich jetzt gar nicht mehr anfassen, oder was? Ich habe mich doch für letztens entschuldigt.«

Krampfhaft versuche ich, die aufkommende Panik zu verdrängen. Meine Finger sind eiskalt und zittern so stark, dass ich ihr Beben nicht nur fühlen, sondern auch sehen kann. »Es liegt nicht an dir«, flüstere ich und besinne mich eines anderen. »Doch, eigentlich schon. Aber das ist es nicht allein.«

Er sieht mich verständnislos an, seine Lippen sind leicht geöffnet, dann verdunkelt sich sein Blick. »Wer hat dich angefasst?«

Ich blinzele verwirrt. Wie kommt er denn jetzt darauf?

»Wer? War es Felix?« Wütend ballt er die Hände zu Fäusten.

»Nein!«, entfährt es mir vor Schreck. »Felix würde so etwas niemals tun!«

»Du triffst dich oft mit ihm in letzter Zeit. Habt ihr zwei was am Laufen?« Er scheint wohl vergessen zu haben, dass wir das Thema letzte Nacht schon hatten.

»Herrgott, nein, mir wurde gekündigt, weil ich zu spät gekommen bin!« Jetzt ist es raus.

Mit großen Augen sieht er mich an, dann erhebt er sich vom Sofa und nimmt mich wieder in den Arm, während ich erneut den Tränen nahe bin.

»Ist schon gut«, murmelt er. »Mein naives, kleines Baby. Ich verzeihe dir.«

Was hat er gerade gesagt? Er verzeiht mir? Aber *was*? Doch bevor ich ihn fragen kann, spricht er einfach weiter. »Das ist dir bestimmt nicht leicht gefallen. Ich stelle mir das sehr unangenehm vor. Aber es ist schon gut. Ich bin dir nicht böse.«

Wovon zum Teufel spricht er da? Wenn er die Kündigung meint, ja, die ist sehr unangenehm. Er reagiert ausgesprochen gut auf diese Nachricht, gar nicht wie erwartet …

»Es ist natürlich schon etwas eklig, dass da jemand anderes drin war …«

»Halt!«, fahre ich ihn an, als ich verstehe, was er da redet. »Du glaubst, ich habe mit meinem Boss geschlafen?«

»Hast du nicht?«

Verwirrt sehe ich ihn an. Wie kann er mit dieser Angelegenheit so locker umgehen, wo er mich sonst nicht einmal in meinem Lieblingskleid vor die Tür lässt? »Natürlich nicht! Für wen hältst du mich? Als würde ich mich prostituieren, nur um einen Job zu behalten!« Aufgebracht raufe ich mir die Haare. Wie kann er nur so von mir denken! Und dann auch noch so tun, als wäre das ganze meine Schuld!

»Sophia, hast du deinen Job noch?«

»Ich habe doch gesagt, er hat mir gekündigt.«

Ich beobachte Justin dabei, wie er stöhnend die Hände über dem Kopf zusammen schlägt. »Das ist nicht dein Ernst.«

Entgeistert sehe ich ihn an. »Natürlich ist das mein Ernst! Glaubst du, ich scherze bei so einem wichtigen Thema?«

»Sophia!« Drohend kommt er auf mich zu. »Wir brauchen das Geld. Du wirst morgen zu ihm gehen, dich entschuldigen und um deinen Job betteln.«

Was ist bloß in ihn gefahren? »Justin, er kann mich nicht bezahlen.«

»Auch nicht, wenn du ihm etwas entgegen kommst?«, sagt Justin nachdenklich. »Ich wette, so ein Bürohengst hat wilde Fantasien.«

»Wie bitte?« Ich glaube, ich höre nicht richtig.

»Naja, du bist ein verdammt heißes Weib«, er greift nach der Schleife, die meinen Bademantel zusammenhält, und zieht sie auf, sodass ich halb nackt vor ihm stehe. Sofort schlage ich den Stoff wieder übereinander.

»Ich bin doch keine Prostituierte! Und ich lasse mich von dir auch gewiss nicht zu einer machen!«

»Und wie sollen wir uns dann weiterhin die Wohnung leisten?« Seine Stimme nimmt einen düsteren Tonfall an, der mir einen Schauer über den

Rücken jagt, doch ich will nicht nachgeben. Das Fass ist eindeutig übergelaufen.

»Gut, dass du fragst«, fauche ich. »Wie wäre es, wenn du dir einen Job suchst, bei dem du mehr als nur eine Aufwandsentschädigung bekommst?«

Empört schnappt er nach Luft, greift nach meinem Handgelenk und hält mich im eisernen Griff gefangen. »Du weißt ganz genau, dass ich mich erst hocharbeiten muss.«

»Ich werde bestimmt nicht meinen Körper verkaufen, nur damit du deinen Traum leben kannst«, zische ich und reiße mich von ihm los. Entrüstung, Enttäuschung, Wut, Zorn, Frust und Trauer, all diese Emotionen steigen zur gleichen Zeit in mir auf. Ich konzentriere mich auf eines der Gefühle und wende mich zornig von ihm ab. In der Tür drehe ich mich allerdings noch einmal zu ihm um. »Morgen reiche ich meinen Resturlaub ein und am Wochenende fahre ich nach Kiel, um Eva zu besuchen. Dann hast du ein paar Tage Zeit darüber nachzudenken, was du gerade gesagt hast. Ach ja, heute Nacht wirst du natürlich auf dem Sofa schlafen. Das ist dir hoffentlich klar.«

Ich stapfe zurück ins Schlafzimmer und bin erleichtert, dass Justin mir nicht folgt. Schnell verkrieche ich mich wieder im Bett und wickele mich fest in meine Decke.

Vielleicht hat Eva doch recht. Möglicherweise wird es Zeit, den nächsten Schritt zu wagen.

Kapitel 12

Sophia

Vier Tage später schlendere ich gedankenverloren durch die Straße, in der unser Wohnhaus steht. Es schüttet wie aus Eimern, doch das kümmert mich nicht. Mein buntgemusterter Regenschirm bewahrt mich davor, nass zu werden, und als gebürtige Wuppertalerin bin ich es gewohnt, dass es regnet. Hier wird allen der Schirm bereits mit in die Wiege gelegt. Zudem habe ich heute nichts mehr vor, außer meine Tasche zu packen und am Nachmittag den Zug nach Hannover zu nehmen. Justin war heute Morgen unnatürlich früh wach und hat sich gekonnt aus dem Staub gemacht. Wahrscheinlich ist er wieder mit den Jungs unterwegs, die genauso planlos ihr Leben verbringen wie er. Und ich.

Seufzend trete ich gegen einen Kieselstein und beobachte, wie er über den Bürgersteig kullert und in einer Pfütze landet. Ich war nur kurz in der Videothek, um meinen Urlaub einzureichen, habe mit Jenny gesprochen und ihr den Umstand erklärt. Herr Lovanski hat es ihr bereits am Montagnachmittag mitgeteilt. Wir haben ausgemacht, uns demnächst zu treffen und in Ruhe über alles zu reden.

Ich habe keine Ahnung, was ich nun tun soll. Acht Jahre habe ich dort gearbeitet und bin auch immer sehr zufrieden gewesen. Und auf einen Schlag bricht meine ganz Welt auseinander. Hoffentlich kann mich das Wochenende bei Eva auf andere Gedanken bringen.

Der Regen verstärkt sich, kalter Wind peitscht mir nass gegen die Schienbeine und ich beeile mich, nun doch schnell nach Hause zu kommen. Dieses Wetter ist selbst mir zu ungemütlich. Ich flüchte ins Treppenhaus, lasse den Schirm aufgespannt vor der Wohnung stehen, damit er trocknen kann, und bringe mich ins Warme.

Im Flur halte ich erschrocken inne. In der Wohnung ist es stockdunkel, obwohl eigentlich das Tageslicht durch die Fenster scheinen müsste. Hat jemand die Jalousien runtergelassen? Verwirrt ziehe ich mir die Schuhe aus und tapse in Richtung Küche. Sanfte Töne einer ruhigen Musik klingen mir entgegen und als ich die Tür aufschiebe, bleibt mir vor Staunen der Mund offenstehen. Unser kleiner Esstisch ist ordentlich gedeckt, zwei Kerzen stehen zwischen den Tellern, zahlreiche Teelichter sind auf der Anrichte verteilt und tauchen den Raum in ein angenehmes Licht. Justin grinst mich an und hält mir ein gefülltes Sektglas hin. Verwirrt nehme ich es entgegen. Mir purzeln so viele Fragen durch den Kopf, die ich auf die Schnelle nicht sortieren kann.

»Wieso?«, ist schließlich das, was ich herausbekomme.

»Alles Gute zu unserem zehnten Jahrestag«, murmelt Justin und küsst mich auf die Wange. Immer noch durcheinander lasse ich mich von ihm zu dem Tisch führen und setze mich, während meine Finger das Glas umklammern. *Was ist hier los?*

»Justin, du weißt schon, dass unser Jahrestag erst nächste Woche ist?«

»Ja«, sagt er, nimmt ebenfalls Platz und stößt mit mir an. »Aber irgendwie hatte ich das Gefühl, dass es nicht mehr solange warten kann.«

»Was denn?« Jetzt werde ich schon ein wenig neugierig. Auch wenn ich das unangenehme Gefühl, dass er etwas ausgefressen hat, nicht verleugnen kann.

»Möchtest du etwas essen?«, lenkt er geschickt ab und da mein Magen schon vor einer Weile verkündet hat, dass er gerne arbeiten möchte, gehe ich auf seinen Themenwechsel ein.

»Du hast gekocht? Für mich?« Das Erstaunen schwingt deutlich in meiner Stimme mit und Justin fährt sich verlegen mit der Hand durch die Haare.

»Ich hatte Hilfe.« Ohne näher darauf einzugehen, steht er auf und geht zum Herd. Dabei bemerke ich etwas höchst Ungewöhnliches und ich weiß nicht, ob mich dieser Umstand freuen soll oder mir vielmehr Angst macht.

»Du trägst eine Jeans!«

Er lacht, hebt den Deckel vom Topf und schaufelt etwas Wohlriechendes auf einen Teller. »Ich dachte, zur Feier des Tages ziehe ich etwas Schickeres an. Gefällt es dir nicht?«

»Doch«, schießt es sofort aus mir heraus. »Steht dir gut. Ich bin nur … verwirrt.«

Grinsend reicht er mir den Teller mit Nudeln in Pilz-Rahm-Soße und befüllt sich selber einen.

Als er wieder sitzt, wage ich einen ersten Bissen. Justin hat bisher noch nie etwas anderes gebacken gekriegt, als Pizza, weswegen ich ein bisschen misstrauisch bin. Doch meine Bedenken verflüchtigen sich schnell. »Das schmeckt köstlich!«

Erleichterung zeichnet sich in seiner Mimik ab. Schweigend löffeln wir unsere Spaghetti, als Justin plötzlich aufsteht und vor mir auf die Knie geht.

»Baby, ich muss dich das einfach fragen, ich bin zu nervös, um noch länger zu warten.« Er räuspert sich, während ich hinunterschlucke und unruhig auf meinem Stuhl herumrutsche.

Er greift in die Tasche seines Kapuzenpullovers und befördert eine kleine Schachtel zutage. *Nein, bitte lass es nicht das sein, was ich denke …*

Er öffnet die Klappe und hält mir einen goldenen Ring entgegen. »Willst du mich heiraten?«

Stille breitet sich aus, ich höre das Ticken des Sekundenzeigers unserer Küchenuhr, das mir einen Schauer über den Rücken jagt.

»Justin, ich … ich … ich weiß gar nicht, was ich sagen soll.«

»Wie wäre es mit ›Ja‹?«

Schweigend blicke ich ihn an. Ich bin hin und her gerissen. Mein Herz schlägt wild in meiner Brust, schreit in einem fort: ›Ja, endlich! Darauf hast du die ganze Zeit gewartet!‹ Meine Wangen glühen und die Finger zittern, sodass ich mich auf sie setzen muss, um sie zu verbergen. Doch mein Verstand schickt eine ungeheure Kälte durch meinen Körper. Die Warnglocken schrillen laut und verursachen mir Kopfschmerzen. *Soll ich? Soll ich nicht? Oder soll ich doch? Ich weiß es nicht! Wieso ist das verdammte Gänseblümchen nie da, wenn man es braucht?*

Justin verdreht die Augen. »Nimm einfach den scheiß Ring, Sophia.«

»Nein.«

Seine Kinnlade klappt herunter. »Was?«

Ich weiß selbst nicht, was gerade passiert ist. Mein Kopf hat mein Herz gewaltsam in eine Schublade geschlossen und die Steuerung meiner körperlichen Funktionen übernommen. Zudem bin ich mir auch nicht sicher, woher ich den Mut nehme, ihm so offen die Stirn zu bieten. Entschlossen halte ich seinem Blick stand. »Mir ist klar, was du mit dieser Aktion bezwecken willst«, sage ich leise. »Ich werde trotzdem zu Eva fahren.«

Für einen Moment denke ich, er würde ausrasten. Dann entspannen sich seine Muskeln und entgegen aller Erwartungen sacken seine Schultern enttäuscht herab. Er richtet sich auf, legt den Ring vor mir auf die Tischplatte und setzt sich wieder auf den Stuhl. »Nimm ihn, er gehört dir«, murmelt er. »Du bist mein Leben, Babe, die Frau meiner Träume, ich will Kinder mit dir haben.«

Ich schlucke den dicken Kloß hinunter, der sich in meiner Kehle festgesetzt hat. Von diesem Augenblick habe ich immer geträumt. Eine verheiratete Frau, zwei kleine Kinder … *Jetzt bloß nicht schwach werden!* Nein, das hat keine Zukunft. Solange er nicht lernt, seine Wut zu kontrollieren, ist er eine tickende Zeitbombe, die jederzeit losgehen könnte und jeden verletzt, der ihm zu nahe steht.

»Ich brauche etwas Abstand, Justin. Gib mir dieses Wochenende Zeit, um über uns nachzudenken, ja?« Und wer soll das alles bezahlen? Eine Hochzeit ist nicht billig, auch dann nicht, wenn wir nur seine Familie einladen. Doch diese Gedanken behalte ich für mich.

»Ich habe geahnt, dass du so reagieren würdest.« Er schüttelt den Kopf und seufzt. »Trotzdem ist es ein Schock. Ma sagt, ich soll dich nicht gehen lassen.«

Mein schlechtes Gewissen ist wie weggeblasen. »Was hat Sylvia hiermit zu tun?«

»Es war ihre Idee.« Schulterzuckend lehnt er sich zurück. »Sie hat für uns gekocht.«

Wusste ich doch, dass mit dem Essen etwas nicht ganz richtig sein kann. Augenblicklich schiebe ich meinen noch halbgefüllten Teller von mir weg. Unfassbar, dass sie sich trotz unseres Gesprächs einmischt.

»Du weißt doch, dass ich nicht kochen kann«, murrt er zerknirscht. »Der Ring ist übrigens auch ihr alter Verlobungsring.«

Das war's, mehr will ich gar nicht hören. »Ich muss meine Tasche packen und gleich los. Und du wirst mich nicht davon abhalten.« Den restlichen Sekt in meinem Glas kippe ich in einem Zug hinunter und erhebe mich.

»Versprichst du mir eine Entscheidung, wenn du wiederkommst?«, ruft Justin mir hinterher, doch die Antwort auf diese Frage bleibe ich ihm schuldig.

Kapitel 13

Sophia

Aufgeregt rutsche ich auf dem unbequemen Sitz herum und schaue aus dem Fenster. Die von der Abendsonne gerötete Landschaft rast an mir vorbei und schließlich entdecke ich den Bahnhof. Ich versuche, meine Freundin unter den wartenden Menschen zu erfassen, doch sie verschwimmen alle vor meinen Augen. So schnell wie der Zug fährt, kann ich nicht gucken. Erst als er langsamer wird und anhält, sehe ich sie, hüpfend und wild mit den Armen winkend, ein breites Grinsen auf dem Gesicht, das mich unwillkürlich zum Lachen bringt. Ich schnappe mir meinen Rucksack und lasse mich von der Masse aus dem Zug schieben. Draußen suche ich erneut nach meiner besten Freundin, erblicke sie, schreie und stürze durch die Menge auf sie zu. Sie rennt mir entgegen und fällt mir so stürmisch um den Hals, dass nicht viel fehlt und wir würden umkippen.

»Ich freue mich so, dass du mich endlich mal besuchen kommst.« Überschwänglich küsst sie mich, umarmt mich ein zweites Mal und hakt sich bei mir unter. »Du musst mir noch einmal erzählen, was da zwischen dir und Felix läuft. Ich will alles wissen!«

»Jetzt lass mich doch erst einmal ankommen«, weise ich sie lachend zurecht.

Enttäuscht verzieht sie ihre Lippen zu einer Schnute. »Na gut, ich zeige dir meine Wohnung und wir machen uns einen leckeren Tee mit Schuss, was hältst du davon?«

»Mit Popcorn, Puffreis und Schokopudding?«

Eva grinst mich an. »Alles schon vorbereitet, meine Liebe. Ich missachte doch unsere lang bewährten Liebeskummertraditionen nicht.«

Oh ja, unsere Traditionen haben uns schon oft die verletzten Herzen wieder zusammengeflickt. Insbesondere Evas, sie ist als Teenager in jeden verknallt gewesen, der sie freundlich anlächelte. Später war sie es dann, die Herzen gebrochen hat.

Ich kann gar nicht in Worte fassen, wie sehr sie mir gefehlt hat. Sie ist ein Schatz, strahlend und unersetzbar. Während der Zugfahrt habe ich mit ihr telefoniert und ihr von meinem Streit mit Justin berichtet. Sie ist ausgerastet und ich mit ihr. Denn zum ersten Mal in unserer zehnjährigen Beziehung habe ich ihn nicht in Schutz genommen. Ein ungewohntes Gefühl, auch wenn es mir seltsamerweise Befriedigung verschafft. Von dem Antrag habe ich ihr nichts erzählt. Das ist etwas, das ich ganz allein entscheiden muss.

Evas Wohnung ist herrlich. Ein Ein-Zimmer-Apartment, doch für sie vollkommen ausreichend. Sie lebt mit dem absolut Nötigsten, hat kaum Deko herumstehen und ist auch sonst sehr spärlich eingerichtet. Ihr Bett dient über seinen eigentlichen Zweck hinaus noch als Sofa. Daneben steht ein Schreibtisch, dessen Tischplatte man nur noch erahnen kann, so übersät ist sie mit dicken Wälzern und losen Papiersammlungen. Doch ansonsten ist alles ganz ordentlich an seinem Platz. Die Küche besteht nur aus einer Zeile, davor ein kleiner Tisch mit zwei Stühlen. Einen Fernseher gibt es nicht. Ich bewundere sie für ihre Einfachheit, doch mir wäre es in dieser Wohnung viel zu kahl. Nur zwei Fotos zieren die Wand: Das eine zeigt sie und ihre Eltern im Urlaub in den Bergen, das andere sie und mich in unseren schönen Kleidern beim Abiball. Wir haben uns damals wie Königinnen gefühlt.

Während ich mir alles ansehe, brüht Eva uns den Tee auf, kippt einen ordentlichen Schuss Amaretto hinein und kommt strahlend zu mir zurück. Sie stellt die Tassen auf einen kleinen Beistelltisch, auf dem schon eine Tüte Popcorn und Puffreis sowie eine Schüssel voll Schokoladenpudding darauf warten, von uns verspeist zu werden. Wir wechseln einen vielsagenden Blick.

»Pyjamaparty?«, frage ich und grinse mit ihr um die Wette. Schnell schlüpfen wir in unsere Schlafanzüge, machen es uns auf dem Bett bequem und stoßen mit dem gepimpten Tee an.

»Auf die Jungs«, sagt Eva feierlich, »weil wir sie ebenso hassen wie wir sie lieben.«

Das trifft den Nagel wohl auf den Kopf. Ich nehme einen tiefen Schluck aus meiner Tasse und spüre, wie mir die warme Flüssigkeit den Rachen hinunterläuft.

»Ach, Eva«, murmele ich, »was soll ich denn jetzt machen?«

Sie wirft sich das Popcorn in den Mund und leckt sich ihre zuckrigen Finger ab. »Als erstes brauchst du einen neuen Job.«

»Und wo soll ich den herkriegen? Ich habe keinerlei Berufsausbildung, kein Studium oder sonst etwas Nennenswertes. Mich wird doch keiner nehmen.« Kaum habe ich es ausgesprochen, fällt es mir wie Schuppen von den Augen. Ich habe Angst. Angst vor einer Veränderung, Angst davor, allein zu sein und noch mehr habe ich das Gefühl, nicht mehr zurück zu können. Nach dem Abi habe ich trotz der Warnungen von Eva und meinen Eltern die falsche Abzweigung genommen und nun ist es zu spät. Ich rutsche in eine bequemere Position und lehne mich mit einem Kissen im Rücken gegen die Zimmerwand, weil ich das Gefühl habe, nicht länger aufrecht sitzen zu können, ohne dass mich das Gewicht meiner Brüste in Richtung Erdkern zieht. Wer oder was auch immer den Menschen erschaffen hat, er oder es sei verflucht, dass es so etwas wie Gewichtszunahme überhaupt gibt.

»Wie wäre es mit einer Aushilfestelle in einer Buchhandlung? Felix' Mutter ist doch Buchhändlerin und sie hat zurzeit eine Stelle frei und könnte noch eine Arbeitskraft gebrauchen.«

Verblüfft sehe ich sie an. Ich wage kaum zu atmen, so traumhaft ist dieses Angebot. »Wenn du dich über mich lustig machst …« Mir versagt die Stimme.

Tadelnd blickt Eva mir entgegen. »Ich würde mich niemals über dich *lustig machen*«, sagt sie ernst. »Außer, dir passiert etwas Peinliches.« Ihr schelmisches Grinsen steckt mich an.

»Heißt das etwa …«

Sie nickt. »Felix und ich haben schon mit ihr gesprochen. Wenn du wieder in Wuppertal bist, würde sie sich gern auf einen Kaffee mit dir treffen.«

Mir bleiben die Worte im Hals stecken. Ich muss erst ein paar Mal schlucken, bevor sich der Kloß löst. Das bedeutet, es ist vielleicht alles gar nicht so aussichtslos … »Das habt ihr für mich getan?«

»Felix liegt sehr viel an dir, Sophia. Es war seine Idee.«

Womit habe ich mir verdient, dass diese beiden Menschen so viel für mich tun?

»Eva, ich …«

»Nein, sag nichts. Wir machen das gern. Nimm es einfach dankend an.« Sie zwinkert mir zu und hält mir die Schüssel mit Schokoladenpudding und einen Löffel unter die Nase. »Außerdem kann ich jetzt meine Aussage, Felix sei eine bessere Partie als Justin, mit einem dicken Edding unterstreichen. Ich setze auch noch ein fettes Ausrufezeichen dahinter.«

Verlegen stochere ich in dem Pudding herum. Sie sagt es mir immer wieder, und auch ich muss langsam zugeben, dass Felix sich in der kurzen Zeit, in der wir uns jetzt wiedergetroffen haben, mehr für mich eingesetzt hat, als Justin in den letzten zehn Jahren.

Ich habe immer davon geträumt, ihn eines Tages zu heiraten, eine Familie mit ihm zu gründen, doch irgendwie ist dieser Traum weiter weg als je zuvor. Es ist so ein Gefühlschaos in mir, ich weiß nicht, was ich noch denken und empfinden soll. Nur in einer Sache bin ich mir absolut sicher: Ich kann Justin nicht verzeihen, was er gesagt und getan hat. Er hat mir deutlich zu verstehen gegeben, dass er bereit wäre, mich für Geld zu verkaufen. Kann man auf dieser Grundlage eine gesunde Beziehung führen? Ein Ring allein macht die Sache nicht wieder gut. Auch wenn das Schmuckstück nun in meinem Portemonnaie liegt, fordert es eine Entscheidung von mir, die mich sehr belastet. Sind alle Männer gleich? Nein, sicher nicht. Doch Felix scheint ebenfalls nicht unschuldig zu sein, hat er doch die Teufelin an seiner Seite ... Mein Blick fällt auf das Armband, das ich seit meinem Geburtstag nicht mehr abgelegt habe.

»He, die Schoki kann doch auch nichts für deine Probleme«, dringt Evas empörte Stimme zu mir durch und ich höre auf, den Pudding zu malträtieren.

»Eva ...« Zögerlich stelle ich die Schüssel zur Seite. »Ich möchte ausziehen«, spricht mein Mund wie automatisiert die Worte aus, die ich noch nicht einmal bewusst zu denken gewagt habe. Tief atme ich ein. Ob ich meine Entscheidung bereuen werde, wird sich wahrscheinlich schneller zeigen als mir lieb ist.

Mit weit aufgerissenen Augen blickt meine beste Freundin mich an. »Du möchtest ... Oh, Sophia! Ich bin so stolz auf dich!« Sie beugt sich zu mir vor, zieht mich in ihre Arme und knuddelt mich, bis ich fast keine Luft mehr bekomme. »Das ist fabelhaft! Du kannst natürlich in die Eigentumswohnung meiner Eltern ziehen.«

»Nein, Eva, das kann ich nicht auch noch annehmen …«

»Keine Widerrede! Du weißt doch, dass sie mit den letzten Mietern so viel Stress hatten und die Wohnung jetzt unbewohnt ist. Sie dient mir derzeit nur als Bleibe, wenn ich mal wieder in Wuppertal bin.« Aufgeregt klatscht sie in die Hände. »Deswegen ist sie perfekt für dich, ein bisschen größer als diese hier, bereits mit dem Wichtigsten ausgestattet, und da ich noch ein Semester dranhänge, bin ich nur in den Ferien dort. Du kannst sofort einziehen. Und mach dir keinen Kopf, ich rede mit meinen Eltern. Über die Miete können wir dann später noch einmal sprechen, Hauptsache du verlässt endlich dieses Schwein!«

»Ich ziehe aber nur übergangsweise in deine Wohnung, bis ich eine eigene finde.«

»Von mir aus auch das.« Sie strahlt mich an, als hätte ich ihr gesagt, dass wir ins Disneyland fahren. Es ist wie das erlösende Licht am Ende des Tunnels, ein Hoffnungsschimmer in der Dunkelheit. Und irgendwie freue auch ich mich plötzlich sogar darauf.

Der nächste Tag vergeht wie im Flug. Eva zeigt mir ihre derzeitige Heimat, wir bummeln durch die Stadt oder spazieren Eisessend am Hafen der Kieler Förde entlang und suchen uns zwischen den anliegenden Segelschiffen das aus, das uns irgendwann einmal von allen Problemen fortbringen wird.

Den Samstagabend verbringen wir in der angesagtesten Cocktailbar. Es wundert mich nicht, dass Eva genau weiß, wo die beste Party steigt. Wir trinken, lachen, tanzen und feiern uns, unsere Freundschaft und die Liebe, wo auch immer sie in Zukunft hinfallen mag.

»Siehst du den Kerl mit dem gestreiften Hemd dort drüben an der Bar stehen?«, schreit sie mir ins Ohr, um die laute Musik zu übertönen.

Ich drehe mich suchend um und nicke, als ich ihn entdeckt habe. Ein ansehnliches Kerlchen.

»Das ist Bob.« Er sieht zu uns herüber und Eva winkt ihm freudestrahlend zu. Ich beobachte ihr Grinsen, dieses Strahlen in ihren Augen. Als Bob uns erreicht, stellt Eva uns einander vor und ich muss sagen, dass er, auch wenn ich ihn aufgrund des ohrenbetäubenden Lärms kaum verstehen kann, einen recht sympathischen Eindruck auf mich macht. Er ist nicht der klassische Sunnyboy, der sonst Evas Beuteschema entspricht, sondern hat eher etwas Streberhaftes an sich. Vielleicht liegt das auch einfach nur an seiner Brille.

Eva hängt sich an seinen Hals und küsst ihn überschwänglich. Dann löst sie sich von ihm, dreht sich mit geröteten Wangen zu mir um und scheint sich an meine Anwesenheit zu erinnern. »Los, verschwinde«, fordert sie ihn grinsend auf. »Ich habe ein Date mit der besten Freundin der Welt.« Daraufhin zieht sie mich lachend an sich und wir tanzen eng umschlungen zu dem nächsten Lied. In diesem Augenblick bin ich einfach nur unglaublich glücklich, eine beste Freundin zu haben, mit der man ewig jung sein kann.

Den halben Sonntag verschlafen wir und zu schnell neigt sich mein Besuch dem Ende. Es kommt mir so vor, als würde ich aus einem schönen Traum erwachen und zurück in die Realität geworfen, als ich durch das Zugfenster Eva zuwinke und sehe, wie sie mit herabhängenden Mundwinkeln am Bahnhof zurückbleibt.

Kapitel 14

Sophia

Als ich wieder zu Hause ankomme, lehne ich mich von innen an die Wohnungstür und brauche erst einen Moment, um mich seelisch auf mein Vorhaben vorzubereiten. Ich schließe meine Augen und atme ein paar Mal tief ein und aus. Zum Glück ist Justin nicht da, ich habe extra die Zugverbindung so gewählt, dass ich ankomme, wenn er beim Fußball ist. Das verschafft mir Zeit, die Sachen zu packen, denn ich weiß ganz genau, wenn Justin hier wäre, würde ich meinen Entschluss nicht durchsetzen können. Wahrscheinlich würde ich einen Rückzieher machen oder, im schlimmsten Fall, würde er es verhindern. Mit welchen Mitteln auch immer.

Unterwegs habe ich schon mit Felix telefoniert, er hat sofort zugesagt, mir mit dem Transport meiner Habseligkeiten zu helfen. Einen Moment lang harre ich noch aus. *Komm schon, Sophia, gib dir einen Ruck. Jetzt oder nie.* Uff, das ist so schwer …

Ein schrilles Bimmeln reißt mich aus meinen Gedanken. Das ist Justins Klingelton. Ich schaue mich um und entdecke sein Handy auf dem Esstisch. Er muss es wohl vergessen haben. Die Versuchung ist groß, nachzusehen, wer ihm geschrieben hat. Eigentlich verabscheue ich diese Art von Weibern, die ihren Kerlen hinterher spionieren. Doch selbst wenn er es merken würde, ich habe eh vor, zu gehen. Und wahrscheinlich ist es nur eine Nachricht von einem der Jungs. Einen Moment zögere ich noch, doch dann nehme ich das Handy in die Hand und entsperre den Bildschirm.

Hallo mein wilder Hengst, ich kann es kaum erwarten deinen harten Lustbolzen in mir zu spüren. Allein der Gedanke an dich lässt mich feucht werden. Sehen wir uns heute Nacht? Dein Kätzchen schnurrt schon vor Verlangen. Betty

Mein erster Impuls wäre eigentlich, das Handy angeekelt wegzuschmeißen. Stattdessen starre ich entgeistert auf die Buchstaben. Harter Lustbolzen? Das ist ja eklig, wer schreibt denn so etwas? Das kann unmöglich für Justin sein, bestimmt hat sich jemand mit der Nummer vertan. Ich öffne den Chatverlauf und erstarre. Die Nachricht ist keineswegs ein Versehen. Ich will diesen schrift- lichen Austausch von Körperflüssigkeiten nicht weiter verfolgen, doch meine Augen huschen unaufhaltsam über die Zeilen, können einfach nicht aufhören, diese Sauereien zu lesen. Ich scrolle weiter, bis zur aller ersten Nachricht. Empfangen vor einem halben Jahr. Mir wird schlecht und sofort schießt mir Sylvias Warnung in den Kopf: *Nur ein glücklicher Mann ist ein guter Mann.* Sie hat recht.

Ein plötzlicher Ruck geht durch meinen Körper und lässt mich wieder klar denken. So ein verdammter Mistkerl! Ich knalle das Handy mit dem Ring auf den Esstisch und stürze ins Schlafzimmer. Justins Klamotten fliegen im hohen Bogen aus dem Schrank, wenn sie mir im Weg sind, und meine eigenen Sachen knülle ich in alle Fächer des einen Koffers, den wir besitzen. All das, was nicht eindeutig mir gehört, lasse ich stehen, da ich keine Lust habe, später noch mit Justin streiten zu müssen, wer welche Sachen behält. Ich schleppe meinen Koffer in den Flur und hoffe einfach nur, dass ich rechtzeitig verschwunden bin, bevor er vom Fußball nach Hause kommt. Hastig suche ich im Bad meine restlichen Habseligkeiten zusammen, stopfe alles, wie es mir in die Hände fällt, in die Tasche, als ich plötzlich höre, wie die Haustür aufgeschlossen wird.

Scheiße. Augenblicklich verfalle ich in eine Schockstarre, Panik steigt in mir hoch. Mein fester Entschluss ist wie weggeblasen.

»Sophia? Bist du wieder da?«, höre ich Justin rufen. Er klingt verwirrt. »Was geht hier vor?«

Zögerlich komme ich aus dem Bad, die volle Tasche in meinen zitternden Händen.

Er sieht mich fragend an, doch ich kann deutlich sehen, wie sich sein Blick verfinstert, als ihm dämmert, was ich im Begriff bin zu tun.

»Ist das deine Antwort?« Seine Stimme bebt.

»Es tut mir leid, Justin«, flüstere ich. »Du wirst dir auch eine neue Wohnung suchen müssen, allein kannst du sie nicht halten. Ich wollte schon längst weg sein. Felix wird jeden ...«

»Felix«, stößt Justin zischend aus und verzieht angewidert das Gesicht. »Natürlich, ich hätte es mir denken können. Und Eva, dieses Miststück. Haben sie dir das eingeredet? Ich habe dich vor ihnen gewarnt, aber du hast nicht auf mich gehört!« Zornig ballt er die Hände zu Fäusten und kommt auf mich zu, sodass ich nicht anders kann, als vor ihm zurückzuweichen, die Tasche schützend vor meine Brust gedrückt. »Justin ... bitte ...«

»Du kannst mich nicht verlassen«, flüstert er mit einem Mal völlig ruhig. Für einen Moment habe ich wieder dieses mulmige Gefühl in der Magengrube. Die Ruhe vor dem Sturm, der jeden Augenblick ausbrechen kann. »Du bist mein Mädchen.«

Ich schlucke den Kloß hinunter und atme tief ein und aus. *Bleib stark, Sophia. Mach jetzt bloß keinen Rückzieher.*

»Es tut mir leid, Justin«, wiederhole ich noch einmal langsam. »Es ist zu spät. Bitte, lass mich gehen.«

Ich will mich an ihm vorbei in den Flur quetschen, doch Justin hält meinen Arm im eisernen Griff fest, drängt mich ins Wohnzimmer, bis mir das Regal in den Rücken stößt. »Du gehst nirgendwohin!«

Der kalte Ausdruck in seinen Augen verursacht mir eine Gänsehaut. Er macht mir Angst.

»Justin …«, versuche ich es noch einmal, doch er schneidet mir mit seinem bitterbösen Blick das Wort ab.

»Du wirst mich nicht verlassen«, sagt er finster und drückt mich mit seinem ganzen Gewicht gegen das Regal. Die Bretter bohren sich in meine Haut und für einen Augenblick bin ich froh, dass die Tasche zwischen uns eingeklemmt ist und verhindert, dass sich unsere Körper berühren. »Du gehörst mir.«

Vergeblich versuche ich, mich zu befreien. »Du tust mir weh«, keuche ich nach Luft schnappend. »Lass mich los. Bitte.«

Er umfasst mein Gesicht mit beiden Händen und zwingt mich, ihm in die Augen zu sehen. »Ich liebe dich doch, Sophia«, flüstert er. Die zärtlichen Worte stehen im schmerzhaften Kontrast zu seinen Fingern, die fest zudrücken.

Tränen steigen mir in die Augen. »Aber ich liebe dich nicht mehr, Justin.«

Wie vor den Kopf gestoßen lässt er mich los und stolpert ein paar Schritte zurück, sodass ich röchelnd zu Boden sacke. Die Tasche fällt mir geräuschvoll aus den Armen.

»Nein, das glaube ich nicht«, murmelt er und fährt sich mit der Hand durch die dunklen Haare. »Du liebst mich, Sophia, wir gehören zusammen. Ich habe dir einen Antrag gemacht!«

»Es ist vorbei, Justin.« Meine Stimme ist lauter, als ich es beabsichtigt habe. »Es gibt kein *wir* mehr.«

Wütend funkelt er mich an. »Das ist Felix' Schuld! Er hat dir den Kopf verdreht! Ich hätte das von Anfang an nicht dulden dürfen.« Seine Hand schießt nach vorn, greift nach dem Armband und zerrt daran.

»Nein, bitte nicht«, hauche ich, doch es ist bereits zu spät.

Das Band reißt und Justin wirft es quer durch den Raum. »Ich lasse nicht zu, dass dieser Wichser mir die Hörner aufsetzt!«

Unterstellt er mir etwa, ich hätte ihn betrogen? Doch andererseits glaubt er wirklich, er kann wild durch die Gegend vögeln, während ich zu Hause sitze und auf ihn warte?

»Das hat nichts, aber auch gar nichts mit Felix zu tun!« Aufgebracht rapple ich mich auf. »Ich könnte dich dagegen fragen, wer diese Betty ist! Besorgt sie es dir so richtig, ja?« Der Schmerz über sein Fremdgehen sitzt tief und ich spüre, wie der Frust, gepaart mit absoluter Enttäuschung, Überhand gewinnt.

»Halt's Maul!« Seine Hand schießt nach oben und saust schwungvoll auf mich zu. Der Schlag hinterlässt einen schmerzenden Abdruck in meinem Gesicht und für einen Moment weiß ich nicht, wo ich bin. Stöhnend taste ich mit zitternden Fingern nach meiner aufgeplatzten Lippe, der metallische Geschmack von Blut lässt mich würgen.

»Du gehst nirgendwo hin!« Zornig knallt er die Wohnzimmertür hinter sich zu.

Erschöpft sinke ich auf das Sofa, als ich plötzlich höre, wie der Schlüssel im Schloss herumgedreht wird. Panik durchflutet mich. Ich stürze zur Tür und zerre daran, doch wie befürchtet bleibt sie verschlossen.

»Mach sofort die Tür auf, Justin!«, schreie ich und hämmere wie wild gegen das Holz. »Du darfst mich nicht einsperren! Lass mich raus!« Doch niemand antwortet mir. »Bitte …«

Schluchzend sinke ich zu Boden. Das hätte nicht passieren dürfen. Überhaupt läuft gerade alles ganz falsch. »Justin …«, flüstere ich, lehne meine Stirn gegen das lackierte Holz und schließe die Augen.

»Das hast du dir selbst zuzuschreiben«, ruft er mir von der anderen Seite aus zu. »Du hättest einfach nur ›Ja‹ sagen müssen. Ist das wirklich zu viel verlangt?«

Ich habe nicht die Kraft, ihm darauf zu antworten, wische mir die Tränen aus dem Gesicht und lausche meinem Herzschlag. Er pocht wild und heftig gegen meinen Brustkorb, es fühlt sich an, als würde er zusätzliche Schmerzen verursachen. Mein Blick fällt auf etwas Glänzendes neben mir. Felix' Armband. Vorsichtig hebe ich es auf und verschließe es in meiner Hand. Justins Betrug hat den letzten Funken Hoffnung, dass es doch noch eine Zukunft für uns beide gibt, in mir ausgelöscht. Seine gelegentlichen Ausraster sind nicht kontrollierbar, er geht fremd, zerstört mutwillig meine Habseligkeiten. Und jetzt nimmt er mir meinen Willen, sperrt mich ein wie die böse Stiefmutter das Aschenputtel.

Ich vergrabe mein Gesicht in den Händen, doch es kommt nichts. Keine Träne, ich fühle mich völlig leer. Als wäre die Quelle versiegt. Meine Eltern haben diese Situation vorausgesehen. Und ich dumme Kuh habe nicht auf sie hören wollen. Nicht auf sie, nicht auf Eva … Sie haben es mir alle gesagt, immer wieder, aber ich bin so blind gewesen. Naiv und manipulierbar.

Auf einmal höre ich Justin laut fluchen, dann noch eine andere Stimme, die meinen Namen ruft. Hoffnung erfüllt mich und damit neuer Mut.

»Ich bin hier!«, schreie ich und rüttle wieder an der Tür. »Lasst mich raus! Bitte!«

Ich höre die Stimmen näher kommen, jemand zieht von der anderen Seite an der Klinke, wird laut, als die Tür verschlossen bleibt.

»Lass sie frei«, höre ich denjenigen sagen. Seine Stimme kommt mir irgendwie bekannt vor, doch ich kann sie nicht so recht zuordnen. Sie klingt hart und duldet keinen Widerspruch. *Wie auch immer du hineingekommen bist, bitte lass es Felix sein!*

»Verpiss dich, du Arschloch!«, brüllt Justin, doch sein Gegenüber scheint sich davon nicht einschüchtern zu lassen.

»Was du hier veranstaltest, ist Freiheitsberaubung. Das ist eine Straftat, ich könnte dich dafür anzeigen. Wenn du jetzt allerdings die Tür öffnest und uns gehen lässt, werde ich von einer Anzeige absehen. Es ist deine Entscheidung, Justin.«

»Und du begehst Hausfriedensbruch!«

»Dann sind wir wohl quitt.«

Für einen Augenblick ist es still. Das Einzige, was ich lautstark höre, ist das Rauschen in meinen Ohren. *Mach, was er sagt, Justin. Du hast schon eine*

Anzeige am Hals. Sekundenlang passiert nichts. Sekunden, die sich ziehen wie Kaugummi. Mein Herz pocht wild. Ich wage kaum zu atmen.

Endlich wird der Schlüssel ins Schloss gesteckt und herumgedreht. Ich rutsche über den Boden und weiche schnell zurück, damit mich die aufgehende Tür nicht trifft. Kurz darauf hockt Felix neben mir.

»Lass uns gehen«, murmelt er und hilft mir auf die Beine. Er sammelt meine Tasche vom Boden auf und nimmt auch den Koffer sowie meinen Rucksack mit. Wie benebelt verlasse ich die Wohnung, sehe nicht zurück, lasse mich einfach von Felix zu seinem Auto führen. Eine seltsame Leere erfüllt mich. Ich höre Justin aus dem geöffneten Schlafzimmerfenster zu mir hinunter auf die Straße brüllen, doch seine Schreie, sein Bitten, sein Flehen sind nicht mehr als dumpfe Klänge in meinem Kopf. Gegenstände fallen nahe dem Auto auf den Bürgersteig, ein Schuh, die zerfledderte Tageszeitung und ein Kopfkissen. Als Felix mein Gepäck im Kofferraum verstaut, zerspringt eine der Porzellanvasen auf der Bordsteinkante.

Felix setzt sich neben mich auf den Fahrersitz. Einen Moment lang hält er inne und atmet tief ein und aus. Dann fährt er los und wir lassen mein bisheriges Leben hinter uns.

Während der ganzen Fahrt gebe ich keinen Ton von mir und auch Felix ist anscheinend nicht in der

Stimmung zu reden. Nach einigen Minuten, die mir wie Stunden vorkommen, hält er vor meinem neuen Zuhause am Straßenrand. Wahrscheinlich hat Eva sie ihm mitgeteilt, ich kann mich nämlich nicht daran erinnern, es getan zu haben. Schweigend hilft er mir, mein Gepäck in ihre Wohnung zu tragen und bleibt dann unschlüssig im Türrahmen stehen.

»Möchtest du, dass ich bei dir bleibe?«, fragt er vorsichtig, doch ich schüttle nur stumm den Kopf. Ich weiß, sobald ich den Mund aufmache, werde ich meine Gefühle nicht mehr unter Kontrolle haben. Er nickt verständnisvoll. »Hier ist die Nummer meiner Mutter«, sagt er und legt einen Zettel auf die Kommode im Flur. »Du kannst dich jederzeit bei ihr melden wegen des neuen Jobs. Und ruf mich bitte an, wenn du jemanden zum Reden brauchst. Ich bin für dich da, Sonnenschein.« Er berührt mich kurz am Arm, dann wendet er sich ab und lässt mich allein.

Ich komme mir klein und verloren vor in dieser spärlich eingerichteten Wohnung. Was ich jetzt dringend brauche, ist meine Mama. Eine Umarmung von ihr, ein Lächeln, das Versprechen, dass alles wieder gut wird. Doch meine Mama will mich nicht sehen. Mich, ihr naives, aufmüpfiges Kind, das ihr so viel Kummer bereitet hat. Warum ist Erwachsensein so kompliziert? Warum können wir nicht alle Kinder bleiben, gemeinsam spielen, um Bauklötze streiten und sofort wieder beste Freunde sein? Das wäre so viel einfacher.

Ein unangenehmes Ziehen in der Leistengegend lässt mich keuchen und veranlasst mich dazu, mich an der Kommode abzustützen. Na toll, jetzt spielt auch noch mein Körper verrückt. Mit zittrigen Beinen wanke ich zum Sofa, greife nach Evas Teddy, der in ihrer Abwesenheit die Wohnung bewacht, und drücke ihn fest an meine Brust. Es ist vorbei. Ich habe es getan. Jetzt bin ich wirklich allein. Ich kann mich nicht mehr zurückhalten und fange bitterlich an zu weinen.

Kapitel 15

Felix

»Du siehst aus, als hätte man dich einmal durch den Fleischwolf gedreht. Was ist los, Felix?« Amanda setzt sich auf meinen Schreibtisch, schlägt ihre langen Beine übereinander, sodass der knappe Rock noch höher rutscht, und schiebt mir eine dampfende Tasse Kaffee zu. Mit hochgezogener Augenbraue betrachtet sie mich. »Schlechte Nacht gehabt?«

Ich massiere mir die Schläfen, bevor ich nach der Tasse greife. »Du bist ein Engel«, sage ich, ohne auf ihre Frage zu antworten, und gönne mir einen Schluck.

»Ich weiß«, flötet sie, »und du der Tod auf Urlaub. Hast du was geraucht? Zu viel getrunken?«

»Nein«, brumme ich und lehne mich in meinem Ledersessel zurück. »Nur eine Freundin vor ihrem aggressiven Freund gerettet.«

Ihr stechender Blick wandelt sich in pure Überraschung. »Die Kleine, die neulich vor deiner Tür saß?«

»Genau die.«

Auf meinem Bildschirm poppt die Erinnerung auf, dass wir in fünfzehn Minuten einen Termin mit unserem neuesten Klienten haben. Eigentlich wollte ich mich darauf noch vorbereiten, doch der vergangene Tag hat meine Gedanken in ein Karussell verwandelt, das partout nicht mehr anhalten möchte. Zum Glück ist Amanda mit dabei, möglicherweise kann ich ihr das Reden überlassen.

»Du empfindest etwas für sie.« Eine Feststellung, keine Frage. Und da ich weiß, dass ich ihr nichts vorspielen kann, weil sie eine Meisterin darin ist, solange zu bohren, bis die Wahrheit ans Licht kommt, versuche ich es erst gar nicht.

»Mehr als mir gut tut.«

»Ich wusste vom ersten Augenblick an, dass du ein Kavalier bist.«

Blinzelnd sehe ich sie an. »Wie meinst du das?«

Ihre unnatürlich langen Wimpern klimpern herausfordernd und ihre roten Lippen verziehen sich zu einem Grinsen. »Du bist zu gut für diese Welt, mein Lieber, hoffentlich fällt dir das nicht irgendwann einmal auf die Füße.« Sie erhebt sich und steckt ihre blonden Locken hoch.

»Glaub mir«, brumme ich, »das ist es bereits.« Wäre ich nicht so ein Weichei, hätte ich schon damals um Sophia gekämpft.

»Wie stehen die Chancen, dass du sie für dich gewinnen kannst?«

Ein belustigtes Lachen entfährt mir. »Keine Ahnung. Eins zu hundert?«

»Na also, Herr Anwalt.« Sie reckt den Daumen nach oben. »Wir haben schon unter schlechteren Bedingungen gearbeitet.« Da hat sie nicht unrecht.

»Sie wird bestimmt nicht mit mir reden wollen.«

»Dann warte, bis sie auf dich zukommt. Doch lass sie wissen, dass du für sie da bist.« Sie wirft einen Blick auf ihre goldene Uhr. »Wir müssen los, Herr Vossmann sollte gleich hier sein. Ich bin gespannt, was er uns zu der Kündigung seiner Mitarbeiter zu erzählen hat.«

»Dieses Schwein sollte nicht durch uns vertreten werden«, brumme ich.

Amanda zuckt nur mit den Achseln. »Jeder hat das Recht auf einen Anwalt. Und vielleicht hat er ja triftige Gründe für sein Handeln. Hör ihn dir an, bevor du urteilst.«

Ich sperre meinen Computer und kippe den restlichen Kaffee hinunter. »Kannst du ihn schon mal in Empfang nehmen? Ich muss noch kurz für kleine Anwälte.«

Lachend stolziert sie aus dem Büro. Meine Gedanken schweifen wieder zu Sophia und ich frage mich, wie es ihr heute geht. Ob sie den gestrigen Tag bereits überwunden hat? Zu gern würde ich sie anrufen, aber ich denke, Amanda hat recht. Ich muss warten, bis Sophia zu mir kommt, auch wenn es mir verdammt schwer fallen wird.

Herr Vossmann ist ein kleiner, untersetzter Geschäftsmann in der Textilbranche. Die bereits ergrauten Haare sind mit Pomade nach hinten gekämmt und die Stoppeln an seinem Kinn könnten dringend eine Rasur vertragen. Sein ungepflegtes Äußeres kann durch das Tragen eines Anzuges nicht überdeckt werden. Davon abgesehen, dass ich mich krampfhaft bemühen muss, nicht auf den gespannten Stoff zu starren, der an seinem Bauch gefährlich auseinanderklafft und mir die Vorstellung in den Kopf schießt, mir würde jeden Moment einer der Knöpfe ins Auge springen, schlägt mir auch der unangenehme Geruch von kaltem Zigarettenrauch entgegen. Artig schüttele ich ihm die Hand, nehme gemeinsam mit Amanda ihm gegenüber Platz und beobachte unseren neuen Klienten.

»Herr Vossmann«, beginnt meine Kollegin, schiebt ihr Tablet vor sich auf den Tisch und faltet die Hände, »können Sie uns gleich zu Anfang den Grund für die zahlreichen fristlosen Kündigungen erklären?«

»Natürlich«, sagt er mit einem verachtenden Grinsen auf den Lippen, wofür ich ihm am liebsten eine verpassen würde. »Mir wurden in den letzten zwei Monaten über fünftausend Euro aus den Kassen gestohlen.«

»Diebstahl ist eine schwere Anschuldigung«, meint Amanda, während ihre Finger über das Tablet fliegen und sie sich Notizen macht. »Gibt es Beweise für die Schuld von gleich sieben Mitarbeitern?« Ich höre deutlich den Spott in ihrer Stimme mitschwingen. Herr Vossmann zieht die Augenbrauen zusammen, doch Amandas strahlendes Lächeln lassen die Falten von seiner Stirn verschwinden. Ja, gegen die Waffen einer Frau ist selbst er nicht gefeit.

»Glauben Sie, ich kündige meine Mitarbeiter aus Spaß an der Freude?«

»Ich weiß es nicht, sagen Sie es mir. Tun Sie's?«

Schnaubend verschränkt er die Arme vor der Brust, wodurch sich der Hemdstoff noch weiter dehnt. Zum Glück trägt er ein T-Shirt darunter. »Ich weiß, was ich gesehen habe.«

Amanda lehnt sich zurück. »Nur das allein reicht leider nicht aus.«

»Das gestohlene Geld wurde in den Spinden meiner Angestellten gefunden.«

»Das ihnen sicher jeder hätte unterjubeln können«, mische ich mich herausfordernd ein. »Herr Vossmann, Sie haben nicht zufällig daran gedacht, Ihre Mitarbeiter abzumahnen und ein klärendes Gespräch zu führen?« Mein Charme wirkt anscheinend nur halb so gut wie Amandas, denn unser Klient starrt mich mit finsterem Blick an. »Ich habe eine mündliche Abmahnung erteilt und das Einhalten einer Kündigungsfrist war für mich unzumutbar.«

»Und haben Sie eine Interessenabwägung durchgeführt und die Möglichkeit eines milderen Mittels in Betracht gezogen?«

»Sind Sie nun mein Anwalt, oder nicht?«

Amanda hebt beschwichtigend die Hände. »Natürlich werden wir Sie vor Gericht vertreten, Herr Vossmann«, schnurrt sie. »Verzeihen Sie den harschen Tonfall meines Kollegen. Er stellt lediglich die Fragen, die auch der Anwalt der Gegenpartei ins Visier nehmen wird. Deswegen ist es unsere Pflicht, alles genauestens zu hinterfragen, um für Sie bestmöglich einzustehen. Möchten Sie vielleicht einen Kaffee?«

Nach kurzem Zögern nickt er. »Der wäre jetzt nicht verkehrt. Schwarz, bitte.«

Amanda erhebt sich und wirft mir einen strengen Blick zu. »Felix, kannst du mir noch einmal zeigen, wie die Kaffeemaschine funktioniert? Ich Schussel habe es wieder vergessen.«

Mir ist durchaus bewusst, dass sie mich unauffällig aus dem Raum bugsieren möchte, um mit mir ein Hühnchen zu rupfen. »Natürlich.«

Als sich die Tür zum Besprechungsraum hinter uns schließt, platzt es aus mir heraus: »Ich habe Jura studiert, weil ich etwas bewirken wollte. Stattdessen hänge ich hier und soll einen hinterhältigen Mistkerl vertreten.«

»Und damit verdienst du gutes Geld«, erwidert Amanda und seufzt. »Lass dich von ihm nicht an der Nase herumführen, du Vorzeige-Idealist. Er ist ein Arschloch, das wissen wir beide, und dennoch müssen wir unseren Job machen. Der nächste Fall wird wieder ganz anders aussehen.«

Ich fahre mir mit den Händen über das Gesicht. »Es laufen zu viele …«

»Wichser?«

Überrascht blicke ich sie an. »Nicht ganz das Wort, das ich suchte, aber eigentlich beschreibt es das gut. Es laufen zu viele Wichser da draußen herum, und wenn ich nur einem einen Denkzettel verpassen könnte, wäre ich schon glücklich.«

»Dann fang mit einem an, durch den nicht gleich dein Job auf dem Spiel steht.«

»Du meinst Sophias Ex-Freund?«

Sie grinst und tätschelt mir die Wange, als wäre ich ein kleiner Junge. »Komm wieder rein, wenn du dich beruhigt hast. Und vergiss den Kaffee nicht.«

Kapitel 16

Sophia

Nervös zupfe ich an meinem Stoffblazer und hole tief Luft. »Nicht verzagen, Sophia«, versuche ich, mir selbst Mut zuzusprechen. »Das hier ist deine Chance für einen Neubeginn.«

Ich drücke die Schultern durch, öffne die Tür und betrete die Buchhandlung. Ein leises Klingeln kündigt mein Kommen an. Das Innere des Ladens lässt mich sogleich alle Sorgen vergessen. Es herrscht eine stille Atmosphäre, Männer und Frauen stehen vor den gut gefüllten Regalen, nehmen Romane heraus und besehen sich die Rückseite. Vereinzelt kann ich auch jemanden in der Leseecke entdecken, wo eine Sofagruppe zusammensteht und zum Verweilen einlädt. Ich habe früher selbst gern dort gesessen und in den Büchern geblättert. In solchen Augenblicken schien die Zeit immer stillzustehen. Als gäbe es nichts und niemanden, der einem Kummer bereiten könnte. Als wäre die Welt ein friedlicher Ort.

»Sophia?«

Erschrocken zucke ich zusammen. Vielleicht sollte ich mich lieber darauf konzentrieren, weshalb ich hier bin, und nicht von der Vergangenheit träumen. Ich drehe mich zu der Frau um, die mich angesprochen hat, und erwidere ihr Lächeln.

»Hallo Frau Weber«, sage ich und halte ihr meine Hand hin. »Ich bin Ihnen sehr dankbar, dass Sie so kurzfristig Zeit für mich gefunden haben.«

Sie ergreift meine Hand und drückt sie sanft. »Aber natürlich«, antwortet sie. »Lass uns nach hinten gehen, dort können wir ungestört reden. Möchtest du einen Kaffee?«

Dankend nehme ich ihr Angebot an und folge ihr in einen der hinteren Räume. Dort hat sie sich ein gemütliches Büro eingerichtet. Neben dem Schreibtisch steht noch ein weiterer Tisch, an dem bis zu drei Leute Platz finden können. Frau Weber reicht mir eine dampfende Tasse und setzt sich mir gegenüber. Sie sieht noch genauso aus, wie auf dem Foto, das ich in Felix Wohnung gesehen habe. Nur ein paar Falten um ihre Augen und vereinzelte graue Strähnen zeugen davon, dass die Zeit nicht spurlos an ihr vorbeiläuft.

»Wie geht es dir, Sophia?«, fragt sie und betrachtet mich mit einem freundlichen Blick.

Ich brauche ein paar Sekunden, um über ihre Frage nachzudenken. Wie geht es mir, seit ich Justin verlassen habe? »Gut, denke ich.« Meine Antwort kommt sehr zögerlich, aber sie entspricht der Wahrheit. Nachdem ich die ersten drei Tage heulend auf dem Sofa verbracht habe und absolut nichts mit mir anzufangen wusste, spüre ich jetzt, wie es langsam wieder bergauf geht. Mein Gespräch mit Frau Weber ist der erste Schritt in die richtige Richtung. Eine Richtung, die ich selbst bestimmen werde.

»Danke, dass Sie mir diese Chance geben«, sage ich ehrlich. »Durch meine Arbeit in der Videothek habe ich viel Erfahrung mit Kundenkontakt und den Kassensystemen. Ich bin Vollzeit verfügbar, habe keine Gebrechen oder sonstige Einschränkungen.«

»Ist schon gut«, unterbricht sie mich grinsend. »Felix hat mich bereits ausreichend über deine Qualifikationen in Kenntnis gesetzt. Ich wollte dieses Gespräch nur, um dich persönlich kennenzulernen und ein bisschen mit dir zu reden. Immerhin warst du noch ein junges Mädchen, als ich dich zuletzt gesehen habe.«

Ich kann nicht anders, ihr Grinsen ist ansteckend, und so fange ich an zu lachen. Frau Weber hat eine beneidenswerte Art an sich, die Menschen in ihrer Nähe zu beruhigen und augenblicklich für sich einzunehmen. Genau wie Felix.

»Würden Sie Ihrem Sohn bitte ausrichten, dass ich ihm sehr dankbar bin für alles, was er für mich getan hat?«

»Warum sagst du es ihm nicht selbst?«

Ich nippe an meinem Kaffee und weiche ihrem Blick aus. »Ich bin noch nicht soweit.«

Sie nickt verständnisvoll. »Er wird sich freuen zu hören, dass es dir gut geht. Sophia, ich möchte dir einen Vorschlag machen: Du könntest als bezahlte Praktikantin bei mir anfangen. Und wenn alles gut läuft, können wir darüber reden, ob du im Herbst eine Ausbildung zur Buchhändlerin beginnst. Wie findest du das?«

»Mir … mir fehlen die Worte.« Vollkommen perplex lehne ich mich in dem Stuhl zurück. »Wirklich, Frau Weber. Ich weiß nicht, was ich sagen soll. Ich bin Ihnen so dankbar!«

Lächelnd winkt sie ab. »Wenn du möchtest, kannst du gleich Anfang des nächsten Monats mit deiner Arbeit beginnen. Wir öffnen um neun Uhr, du solltest also spätestens um halb neun hier sein und bis sechszehn Uhr bleiben. Den Arbeitsvertrag mache ich dir fertig.«

Wir plaudern noch eine kurze Weile über die Schulzeit, schwelgen gemeinsam in Erinnerungen, bis ich mich verabschiede, damit Frau Weber sich wieder ihrer Arbeit widmen kann. Ich verlasse die Buchhandlung mit einem Hochgefühl. Zumindest ist es deutlich weiter oben auf der Skala, als die Gefühle, die mich in den letzten Tagen und Monaten heimgesucht haben.

Fast vier Wochen versucht Justin, mich ständig zu erreichen. Ich ignoriere die Anrufe, antworte nicht auf seine Nachrichten, auch wenn es mir schwerfällt, und bin ungemein froh, dass er nicht auch noch weiß, wo ich hingezogen bin. Bei Felix melde ich mich auch nicht. Mir ist klar, dass ich ihm viel zu verdanken habe, doch jedes Mal, wenn ich ihn anrufen will, bringe ich es nicht über mich, seine Nummer zu wählen. Lediglich eine kurze SMS schaffe ich zu tippen:

> Danke für alles, was du für mich getan hast, aber ich brauche mal Zeit für mich, um mein Leben zu ordnen.

Ich bin noch nicht bereit, ihm unter die Augen zu treten. Die Scham über mein eigenes Versagen und darüber, dass ich Eva und ihn in meine Probleme hineingezogen habe, nagt an mir. Stattdessen gestalte ich die Wohnung um, mache sie ein bisschen gemütlicher und bunter. Von Eva liegt nicht viel herum, da sie sich immer mitbringt, was sie braucht, sodass ich mich austoben kann. Außerdem verbringe ich jede freie Minute in der Buchhandlung, seit ich dort angefangen habe zu arbeiten. Die neuen Aufgaben lenken mich ab und das erste Mal seit langer Zeit fühle ich mich wieder wohl. Die Bücher schenken mir eine Zuflucht und zeigen mir, wie sehr ich den Geruch von frisch gedrucktem Papier vermisst habe. Frau Weber ist auch bei näherem Kennenlernen noch genauso, wie ich sie in Erinnerung habe, stets freundlich und liebenswürdig, und wenn gerade kein Kunde in die Buchhandlung kommt, erlaubt sie mir sogar, mich in die Leseecke zu verkriechen und in fremde Welten einzutauchen. Meine Arbeit gibt mir Kraft und neuen Mut, und eines Abends schalte ich mitten im Krimi den Fernseher aus, greife zu Stift und Papier und beginne zu schreiben. Es sind nur ein paar Zeilen, mehr nicht, wenige hingekritzelte Worte, doch es erfüllt mich mit Freude. Es tut gut, einfach mal wieder etwas für mich zu tun. Mein Blick fällt auf mein Handy. Ich atme tief ein und aus, dann greife ich es mir und wähle Felix' Nummer. Es hat kaum geklingelt, da geht er schon dran. Als hätte er gewusst, dass ich mich melde.

»Hallo Sonnenschein.«

Ich schlucke. Seine Stimme zu hören verursacht ein mulmiges Gefühl in der Magengegend. »Hallo«, krächze ich, und muss mich danach erst räuspern, bevor ich weiter sprechen kann. »Es tut mir Leid, dass ich mich nicht schon eher …« Mir versagt die Stimme vollends.

»Du musst dich nicht entschuldigen«, sagt er, und ich stelle mir vor, wie er die Lippen zu einem kleinen Lächeln verzieht. »Meine Mutter hat gesagt, dass es dir gutgeht. Das war alles, was ich wissen musste.« Er macht eine kurze Pause. »Aber es ist schön, dass du dich meldest.«

»Ja … ich wollte nur …«, stottere ich. *Verdammt, was machst du denn da, Sophia?* »Ich wollte fragen, ob du mit mir in der Stadt einen Cocktail trinken magst?« *Na also, geht doch.* »Du hast so viel für mich getan, ich möchte dich einladen.«

»Gern«, antwortet er sofort. »Freitagabend?«

Ich nicke erleichtert. Nach einem kurzen Moment fällt mir ein, dass er mich gar nicht sehen kann. »Ja, Freitag ist perfekt. Magst du mich um sieben Uhr abholen? Dann können wir gemütlich mit den Öffentlichen in die Stadt fahren.«

»Das machen wir so. Bis übermorgen, meine Herzkönigin. Träum was Schönes.«

»Du auch«, flüstere ich und starre noch lange nachdem er aufgelegt hat, wie paralysiert mein Handydisplay an.

Kapitel 17

Sophia

Pünktlich am Freitagabend um sieben Uhr schellt es an der Haustür. Ich schmunzle. Keiner ist so verlässlich wie Felix. Schnell werfe ich mir noch einen Cardigan über die Schultern, greife nach meiner Tasche, verschließe die Wohnungstür und hüpfe die Treppenstufen hinunter. Unten reiße ich die Haustür auf und grinse bestimmt wie ein Honigkuchenpferd.

Ebenso strahlend erwidert er mein Lächeln. »Du siehst gut aus«, sagt er und nimmt mich in den Arm.

»Ich fühle mich auch gut«, gestehe ich und hake mich bei ihm unter. »Ich hatte viel Zeit zum Nachdenken und so langsam glaube ich, dass ich wieder zurück zu mir finde.«

»Das freut mich«, murmelt er schließlich. Aus dem Augenwinkel bemerke ich, wie er mit leerem Blick auf den Gehweg vor uns starrt. Er wirkt ziemlich zerstreut, irgendwie so, als wäre er nicht ganz bei sich. »Ist alles in Ordnung?«, frage ich besorgt.

Er schüttelt den Kopf und verzieht das Gesicht, als wolle er unschöne Gedanken vertreiben, bevor er mich angrinst. »Entschuldige, in der Kanzlei ist zurzeit viel los, mir schwirren einige Themen durch den Kopf, die ich nicht mehr loswerde. Ich muss noch lernen, die Arbeit von meinem Privatleben zu trennen. Aber es ist alles gut.«

»Okay.« Auch wenn ich sehr neugierig bin, weiß ich, dass er mir aufgrund seiner Verschwiegenheitspflicht nichts erzählen darf, weswegen ich auch nicht weiter nachfrage. Wir erklimmen die Treppen des Schwebebahnhofs und steigen in die Schwebebahn, das einzigartige Wahrzeichen Wuppertals.

»Also gut, du darfst dir jetzt überlegen, wo wir einen Cocktail trinken wollen. Ich habe in unserer damaligen Lieblingsbar vorsichtshalber einen Tisch reserviert, aber wir können natürlich auch gern woanders hingehen.«

»Die alte Kellerbar klingt großartig«, sagt er und lacht. »Ich war schon ewig nicht mehr dort.«

»Glaube mir, es wird dir vorkommen, als wäre es erst gestern gewesen. In diesem Laden ist die Zeit stehen geblieben.«

Zur Tränke, wie die Bar altertümlich heißt, befindet sich mitten in der Elberfelder Innenstadt in einer schmalen Seitengasse. Um in die Bar zu gelangen, muss man von der Straße mehrere Stufen hinuntersteigen. Allein das ist schon eine Herausforderung, denn die Stufen sind unterschiedlich hoch, was besonders beim Verlassen der Bar durchaus ein Problem darstellen kann, insofern man nicht mehr ganz nüchtern sein sollte.

Voller Vorfreude betreten wir die Bar, die lediglich aus einem kleinen Raum besteht. Auf der rechten Seite ist eine lange Holztheke, hinter der zwei junge Mädels eifrig die Getränke zubereiten. Gegenüber ist nur mehr Platz für noch nicht einmal ein Dutzend Tische mit jeweils zwei bis vier Stühlen dran. Im Hintergrund dudelt leise Musik aus den 90ern vor sich hin. Auch wenn der Laden weder sonderlich sauber noch einladend aussieht und nicht leicht zu finden ist, so herrscht hier doch zu jeder Tages- und Nachtzeit ein reger Betrieb.

»Du hast recht«, raunt Felix mir ins Ohr, während wir uns zu unserem Tisch vorkämpfen. »Es hat sich rein gar nichts verändert. Sogar dieselben Poster und Fotos hängen an der Wand.«

»Schau mal«, sage ich und deute auf ein Gruppenfoto, das auch schon mal bessere Tage gesehen hat. »Evas achtzehnter Geburtstag.«

»Mein Gott, ist das lange her. Wir sahen so furchtbar aus.« Lachend schiebt er mir den Stuhl zurecht und setzt sich mir gegenüber.

»Ja, vor allem du mit deiner Elvis-Tolle«, necke ich ihn.

»Darüber möchte ich nicht sprechen.« Sein schelmisches Grinsen lässt mich kichern und ich verstecke meinen glühenden Kopf hinter der Getränkekarte.

»Hallo ihr zwei.« Eine der beiden Kellnerinnen steht neben unserem Tisch und verzieht ihre knallroten Lippen zu einem freundlichen Lächeln. »Habt ihr schon etwas gefunden?«

»Für die Lady einen Mojito und für mich einen Touchdown, bitte.«

»Alles klar.« Die Kellnerin schenkt Felix einen koketten Augenaufschlag. Flirtet sie etwa mit ihm? Sie bleibt noch einen Moment an unserem Tisch stehen, doch als Felix ihr keine weitere Beachtung zukommen lässt, schwirrt sie mit hängenden Mundwinkeln wieder ab. Gut so.

Oh Gott, bin ich wirklich eifersüchtig auf alle Frauen, die Felix mehr Interesse entgegen bringen, als nötig? Erst die Teufelin und jetzt die Kellnerin … *was ist nur los mit mir?* Bei Justin haben mich andere Frauen nie gekümmert.

»Ich habe mich noch gar nicht entschieden, was ich nehmen möchte«, merke ich an und werfe ihm einen herausfordernden Blick zu.

Sein Grinsen vertieft sich. »Ich kenne dich, Sophia. Du liest dir immer alles gründlich durch und entscheidest dich dann doch jedes Mal für das gleiche. Der Mojito ist dein Lieblingscocktail. Außer, das hat sich in den letzten Jahren geändert, dann bitte ich um Entschuldigung.«

Ich weiß nicht, was ich darauf erwidern soll. Langsam wird es mir unheimlich, dass er so viel über mich in Erinnerung behalten hat, während ich so gut wie gar nichts über ihn weiß. Mein schlechtes Gewissen schlägt sogleich Alarm und ich versuche, das Thema zu wechseln: »Was läuft da eigentlich zwischen dir und deiner Kollegin, dieser männerfressenden Schönheit?« Ich kann nicht anders und muss endlich erfahren, was da vor sich geht. Auch wenn ich mir selbst dafür in den Hintern treten könnte.

»Amanda?« Verwundert zieht er seine Augenbrauen hoch. »Bist du etwa eifersüchtig?«

Hastig schüttle ich den Kopf. »Keineswegs. Nur unendlich neugierig.« Dass mir diese Frau nicht mehr aus dem Kopf gehen will, muss ich ihm ja nicht unter die Nase reiben.

»Sie ist nur eine Arbeitskollegin, weiter nichts. Wir behandeln einige Fälle gemeinsam, da sie mir mit ihrer Erfahrung zur Seite steht, wenn ich nicht mehr weiter weiß. Das hilft mir, mich nach den vielen Jahren der Theorie in der Berufswelt zurechtzufinden.«

»Also habt ihr nicht …«

»Gott, nein, ich bitte dich. Hast du sie dir mal angeschaut? Sie sieht aus wie eine Barbiepuppe.«

Mir ist, als würde ich die schweren Felsbrocken hören, die in diesem Augenblick von meinem Herzen poltern. Erleichtert stimme ich in sein Lachen mit ein. Er hat keine Ahnung, wie gut mir das tut.

»Ich habe etwas mitgebracht«, sage ich plötzlich, als mir wieder einfällt, was ich ihm unbedingt zeigen wollte. Ich krame in meiner Tasche und fische den zerknitterten Zettel heraus, streiche ihn glatt und lege ihn für Felix gut lesbar auf den Tisch. Dann beobachte ich nervös, wie er sich vorbeugt und seine Augen den Worten folgen.

Lotosblume
Sanfte, wunderschöne Blütenpracht
Voll Reinheit, Erleuchtung und Treue
Fesselt mich mit ungeheurer Macht
In liebevoller Verbundenheit
Ein Traum, aus dem man nie mehr erwacht
Ich kann mich dir nicht mehr entziehen
Verlier mich in deiner Blütenpracht

Überrascht hebt er den Kopf. »Du schreibst wieder?«

Ich nicke eifrig.

»Das ist richtig toll, Sophia«, lobt er mich. »Ich bin begeistert! Deine Gedichte sind unglaublich tiefsinnig, mit so viel Gefühl … Du solltest einen Sammelband mit all deinen Gedichten herausbringen.« Er streckt seine Hand aus und legt sie über meine. Ich bin so überwältigt von seiner Begeisterung, dem Lob und auch von der Berührung, dass meine Finger zu zittern beginnen. Die Kellnerin kommt zurück und bringt unsere Getränke, sodass ich ihm verlegen meine Hand wieder entziehe und direkt anfange, in dem Mojito herumzustochern, um den Zucker zu verrühren. Dann hebe ich mein Glas. »Danke für deine Freundschaft, Felix, sie bedeutet mir wirklich sehr viel.« Ein schmerzlicher Ausdruck tritt ihm in die Augen, seine Mundwinkel sinken kaum merklich nach unten. Doch dieser Ausdruck ist so schnell wieder weg, dass ich glaube, mir das nur eingebildet zu haben. Es war wahrscheinlich nur eine Reflexion des Lichts, die ihn geblendet hat.

»Ich bin immer für dich da, Sonnenschein.« Er hebt sein Glas ebenfalls und stößt mit mir an.

Es ist kurz nach Mitternacht, als wir die Bar gutgelaunt und ziemlich betrunken wieder verlassen. Wir haben jeder einige Cocktails intus, vielleicht auch den ein oder anderen zu viel. Ich fühle mich ungemein beflügelt, und wahrscheinlich werde ich es beim Aufwachen bereuen, doch nicht jetzt, nicht in diesem Moment. Wie ein kleines Kind hüpfe ich durch die Fußgängerzone, drehe mich, tanze, und fühle mich wieder wie ein achtzehnjähriges Mädchen. Felix hat Mühe mit mir Schritt zu halten.

»Warte, Sonnenschein«, ruft er lachend, holt mich ein und nimmt mich so schwungvoll in den Arm, dass wir beide taumeln und beinahe stürzen.

»Nicht so stürmisch, junger Mann«, tadle ich ihn und halte ihm meinen Zeigefinger vor die Nase. »Die Lady verletzt sich sonst.«

Er reißt die Augen auf, lässt sich auf die Knie fallen und faltet flehend die Hände zusammen. »Gnade, meine Herzkönigin. Bitte lasst mir meinen Kopf!« Kichernd ziehe ich ihn wieder auf die Füße. »Du bist peinlich, die Leute gucken schon.« Mit ›Leuten‹ meine ich eine Gruppe von Jugendlichen, die am Eingang eines Clubs darauf warten, hineingelassen zu werden, und bereits tuschelnd zu uns hinübersehen.

»Sollen die Kinder doch gucken«, ruft er laut, legt einen Arm um meine Hüfte und zieht mich wieder an sich. Ich lasse es lachend geschehen. Er bringt seine Lippen an mein Ohr, sodass mir sein warmer Atem entgegenschlägt. »Sollen sie doch sehen, wie glücklich wir sind.«

»Ja«, hauche ich, denn er hat recht. Ich bin glücklich. Dieser Abend ist perfekt. Und wer weiß, vielleicht wird die Nacht noch viel besser werden? Ich drehe mein Gesicht zu ihm, sodass sich unsere Nasenspitzen fast berühren.

»Sophia«, murmelt er leise meinen Namen, und es verursacht mir ein prickelndes Gefühl auf der Haut. Seine Hand berührt sanft meine Wange und streicht mir die Haare zur Seite. Mein Magen fährt auf einmal Achterbahn. Mir wird schummerig und meine Beine fühlen sich an, als bestünden sie nur noch aus Wackelpudding. Sind das etwa schon die Nebenwirkungen des Alkohols? Das glaube ich nicht. Es muss etwas anderes sein, etwas Größeres. Fühlt sich die wahre Liebe an, als sei man in Watte eingepackt? Als sei man betrunken?

Haltsuchend lehne ich mich an ihn. Gefühle in solchem Ausmaß habe ich noch nie gespürt. Nicht einmal für Justin. Mir ist nicht klar gewesen, dass ich so für jemanden empfinden kann. Ich muss auch zugeben, dass es mir ein kleines bisschen Angst macht, und gleichzeitig ist es unbeschreiblich aufregend.

Er sieht mir tief in die Augen, und ich erwidere seinen Blick, blende alles andere um uns herum aus. Seine Lippen nähern sich den meinen, es kommt mir schrecklich langsam vor, fast schon wie in Zeitlupe, doch ich will den Augenblick auf keinen Fall zerstören, deswegen halte ich ganz still. Sein Atem streift meine Wange, und mein Herz schlägt so heftig, dass ich befürchte, es würde mir jeden Moment aus der Brust springen. Worauf wartet er nur? Die Gedanken in meinem Kopf spielen verrückt, das Blut rauscht in meinen Ohren und eine Welle wohltuender Hitze breitet sich in mir aus. Jetzt mach es doch endlich …

Plötzlich dringt von dem Club aus Lärm zu uns. Mehrere Leute streiten sich lautstark, pöbeln einander an. Die Gegenwart hat uns wieder eingeholt. Der Augenblick ist zerstört, der Zauber wie weggepustet. Verlegen bringe ich etwas Abstand zwischen uns. Felix stößt angespannt die Luft aus. Er ist enttäuscht, das kann ich ihm deutlich ansehen. Mir geht es nicht anders, aber es ist zu spät, wir haben den Moment zu lange ausgekostet und jetzt ist er vorüber. Wie kitschig von mir. Doch ich bin nun einmal eine Romantikerin.

Unschlüssig stehen wir uns gegenüber und ich weiß nicht recht, was ich tun soll, also wende ich mich dem Tumult vor der Disco zu. Ein Mann, ungefähr in meinem Alter, diskutiert hartnäckig mit zwei Sicherheitskräften, doch sie schütteln immer nur den Kopf und verwehren ihm mit verschränkten Armen den Zutritt. Anscheinend haben sie ihn aus dem Club verwiesen. Justin hat sich früher auch oft mit der Security angelegt, deshalb weiß ich nur zu gut, dass es überhaupt nichts bringt. Ich nehme den Kerl näher in Augenschein und erstarre. Den würde ich sogar im Halbdunkeln aus fünfhundert Metern Entfernung erkennen. Als dann auch noch zwei weitere Männer rausgeschmissen werden, gibt es keinen Zweifel mehr.

»Ist das nicht …«

»Justin«, beende ich Felix' Satz. »Bitte lass uns gehen.« Er nickt ohne Einwände und wir laufen weiter die Straße hinunter, gezwungenermaßen entlang der Disco. Mit gesenkten Köpfen schleichen wir uns an den Streitenden vorbei, und ich hoffe inständig, dass Justin uns nicht bemerkt.

»Sophia?«

Ich erstarre mitten in der Bewegung und mir läuft ein Schauer eiskalt den Rücken hinunter. Zögerlich drehe ich mich zu ihm um. »Hallo Justin. Marvin. Tim.« Sie mustern uns mit hochgezogenen Augenbrauen und sagen keinen Ton.

Justin lächelt mich an und nimmt mich überschwänglich in den Arm. »Mein Mädchen, ich wusste, du würdest zu mir zurückkommen.« Ich verkrampfe mich und weiß nicht, was ich tun soll. Er stinkt nach Alkohol und Zigaretten, und mir ist klar, dass er ziemlich betrunken sein muss, um aus dem Club zu fliegen. Ich befreie mich aus seiner Umklammerung und stoße ihn von mir fort, so kraftvoll es mir in meinem eigenen Zustand überhaupt möglich ist. »Justin, bitte. Ich bin nicht deinetwegen hier.«

Bestürzt sieht er mich an. »Was machst du dann hier?«

Hilfesuchend taste ich hinter mich. Felix ergreift meine Hand und drückt sie. Das gibt mir neuen Mut. »Wir waren aus.«

»Ihr wart …« Justins Blick gleitet über meine Schulter hinweg und erst jetzt scheint er Felix wahrzunehmen. »Du!«, brummt er und spuckt auf den Asphalt. »Du hast sie mir weggenommen!«

Felix schiebt mich schützend hinter sich und baut sich vor Justin auf. Er überragt ihn tatsächlich um eine ganze Kopflänge. »Erstens ist sie nicht dein Eigentum, sondern eine wundervolle Frau, die mit gebührendem Respekt und Anstand zu behandeln ist. Zweitens habe ich sie dir nicht weggenommen. Sie kann ihre Entscheidungen durchaus allein treffen, auch wenn dir das nicht gefallen dürfte.«

Justins Kieferknochen tritt deutlich hervor, als er wütend die Zähne aufeinander beißt, und die Hände zu Fäusten ballt. Ich wende mich von ihm ab und Felix zu. »Lass uns gehen.« Er sieht mich an und nickt. Darüber bin ich froh, denn was ich auf keinen Fall will, ist eine Schlägerei. Nicht meinetwegen. Er verschränkt seine Finger mit meinen und wir kehren meinem Ex und seinen Lakaien den Rücken zu.

»Hey!«, schreit Justin zornig und folgt uns mit stapfenden Schritten die Fußgängerzone hinunter. »Haut jetzt nicht ab! Ich rede mit euch!«

Wir beschleunigen unseren Gang, doch er holt auf, packt mich fest an der Schulter und zieht mich zu sich zurück. Sein Griff ist so stark, dass ich keuchend die Luft ausstoße. Gleichzeitig fährt Felix herum und schlägt ihm mit der geballten Faust ins Gesicht. Justin taumelt stöhnend zurück, und Marvin fängt ihn auf.

»Fass sie nie wieder an!«, zischt Felix in einem Ton, der selbst mir Angst einjagt.

»Du mieses, kleines Arschloch!«, brüllt Justin, stürmt mit dem Kopf voran auf seinen Widersacher zu und entreißt ihm den Boden unter den Füßen. Die Männer stürzen auf das Kopfsteinpflaster, schlagen aufeinander ein und ich weiß schon nach kurzer Zeit nicht mehr, welche Gliedmaßen zu wem gehören.

Laut fluchend versuchen Marvin, Tim und ich, die beiden wieder auseinanderzubringen, doch sie scheinen so voller Zorn, dass sie nicht mehr zu bändigen sind. Wie Tiere fallen sie über einander her.

»Lass ihn los, Justin!«, schreie ich und zerre wie besessen an dessen Arm. Er entgleitet mir und ich packe nach seinen Schultern, um ihn zu Vernunft zu bringen. Ich kann nicht zulassen, dass sich zwei erwachsene Männer aufführen wie Vollidioten! Kochend vor Wut fährt er zu mir herum, ich sehe den Hass in seinen Augen lodern. Angst schnürt mir die Kehle zu, ich bin wie gelähmt. Ist das wirklich der Mann, mit dem ich zehn Jahre meines Lebens verbracht habe? Ich erkenne ihn kaum wieder. »Justin …«

Sein Schlag trifft mich unerwartet und hart in den Bauch und treibt mir die Luft aus der Lunge. Um mich herum wird es plötzlich ungewöhnlich still, als hätte jemand den Ton ausgestellt. Ich sehe Felix' entsetzten Blick und Justins weit aufgerissene Augen. Dann geben die Beine unter mir nach. Meine Arme legen sich wie von selbst vor den Bauch, während ich mich auf dem Boden zusammenkauere. Ich schließe die Augen, blende alles um mich herum aus und fokussiere mich nur noch auf den Schmerz. Es tut so furchtbar weh, als würde etwas in meinem Inneren zerreißen. Jemand hockt sich neben mich und zieht mich in den Arm. Es ist Felix, ich erkenne den schwachen Duft seines Deos. Schluchzend klammere ich mich an ihn, vergrabe mein Gesicht in seinem Hemd.

»Es tut mir so schrecklich leid«, flüstert er, als ich wieder Luft zum Atmen finde. »Kannst du stehen?« Er wartet, bis ich nicke, dann greift er mir unter die Arme und hilft mir auf. Mir wird übel, und für einen

Moment konzentriere ich mich nur darauf, mich nicht zu übergeben.

»Sophia …«

»Es geht schon«, versichere ich Felix und richte mich vollends auf. Justin öffnet den Mund, doch bevor er etwas sagen kann, schneide ich ihm mit einer drohenden Handbewegung das Wort ab. »Ich will dich nie wieder sehen, Justin«, zische ich, während mir die Tränen die Wangen hinunterlaufen. »Halt dich fern von mir!«

Felix legt meinen einen Arm um seinen Hals und seinen eigenen um meine Taille, führt mich stützend die die Straße entlang.

»Verlass mich nicht!«, schreit Justin verzweifelt hinter mir her. »Du bist mein Mädchen! Du gehörst mir! Mir allein!«

Ich zwinge mich, nicht auf ihn zu reagieren, ihn einfach zu ignorieren und seine Stimme auszublenden. Zum Glück läuft er uns nicht nach. Das könnte ich nicht auch noch ertragen.

»Wir sollten dich zu einem Arzt bringen«, rät Felix nach einem Moment der Stille. Nein, nicht zu einem Arzt. Ich mag Ärzte nicht, und schon gar nicht den Geruch in Arztpraxen und Krankenhäusern, den Gestank nach Desinfektionsmitteln. Widerlich.

»Ist schon gut. Ich möchte einfach nur nach Hause.«

Den Rest des Weges legen wir schweigend zurück, bis wir vor meiner Haustür stehen bleiben. Es tut mir zusätzlich weh, Felix so niedergeschlagen zu sehen. Ich gebe ihm nicht direkt die Schuld an dem, was passiert ist, und möglicherweise bin ich sogar ein kleines bisschen stolz darauf, dass er sich für mich eingesetzt hat. Es war seit Langem der erste wunderschöne Abend, doch selbst jetzt macht Justin immer noch alles kaputt. Der Schock hat sich mittlerweile gelegt und mit ihm haben sich auch die Schmerzen gemildert, auch wenn ein leichtes Stechen in meiner Unterleibregion immer noch zu spüren ist. »Hat er dich verletzt?«, frage ich plötzlich, als mir einfällt, dass ich mich gar nicht nach seinem Befinden erkundigt habe.

Felix schüttelt den Kopf. »Nicht der Rede wert.«

Erleichterung durchflutet mich und ich atme hörbar auf. »Ich hoffe, es ist in Ordnung für dich, wenn ich dich nicht mit nach oben bitte. Es ist so viel passiert, das muss ich erst verarbeiten. Und ich möchte einfach nur schlafen.«

»Natürlich. Darf ich denn morgen vorbeikommen und schauen, wie es dir geht?«, bittet er mit rauer Stimme. Ich zögere einen Moment. »Ja«, flüstere ich. »Gern.« Dann wende ich mich von ihm ab und schließe die Haustür auf. Ich kann nahezu seinen durchdringenden Blick in meinem Rücken spüren, doch ich widerstehe dem Drang, zurückzulaufen und ihm um den Hals zu fallen. Ohne Umarmung, ohne Kuss und ohne ein letztes Mal zurückzublicken, trete ich ins Treppenhaus und schließe die Tür.

Kapitel 18

Felix

Für einen Moment muss ich mich auf die Stufen vor der Haustür setzen, um wieder einen klaren Kopf zu bekommen. Ihre unendlich tiefen, blauen Augen, so voller Schmerz, Enttäuschung und Furcht, sie erschüttern mich. Ich kann es ihr nicht verübeln, dass sie mich zurückweist, auch wenn ich nichts lieber tun würde, als sie in meinen Armen zu halten und ihr zu sagen, dass alles gut wird.

Justin! Ich habe ihn noch nie sonderlich gemocht, auch damals nicht, habe nie verstanden, warum Sophia, das liebe, naive und aufreizend schöne Mädchen, sich von diesem Hinterwäldler so hat einlullen lassen. Und jetzt, wo sie es endlich schafft, sich von ihm loszusagen ... Das hat sie nicht verdient.

Zornig balle ich meine Hände zu Fäusten, springe auf und laufe die Straße hinunter, immer weiter und weiter. Ich bin wütend, so schrecklich wütend, auf

Justin und vor allem auf mich selbst. Normalerweise verabscheue ich Gewalt zutiefst, doch dieser Idiot hat mich in den Wahnsinn getrieben, wie er sie angesehen und angefasst hat … Ich habe es nicht mehr unterdrücken können, es ist einfach aus mir herausgebrochen.

Meine Füße rennen wie automatisiert weiter, führen mich in den nahegelegenen Wald, während mir der Schweiß den Rücken hinunterläuft. Erschöpfung breitet sich in mir aus, die Sicht flimmert vor meinen Augen und ich übersehe in der Dunkelheit die Hindernisse auf dem Weg. Ein Fuß verheddert sich in einem Wurzelgeflecht, bringt mich zu Fall, doch ich spüre nichts. Völlig entkräftet bleibe ich auf dem Waldboden liegen, keuche nach Luft und warte, bis sich mein Puls wieder beruhigt. Dann schreie ich meine ganze Wut heraus.

Ich weiß nicht, wie lange ich jetzt schon auf dem kalten Waldboden liege. Meine Glieder fühlen sich an wie steifgefroren und ich bewege mich, um sie wieder zu erwärmen. Um mich herum ist es dunkel, die Sonne ist also noch nicht aufgegangen. Meine Armbanduhr zeigt halb fünf an.

Ich stemme mich mit den Händen hoch, als mich ein pochender Schmerz daran erinnert, was letzte

Nacht geschehen ist. Ich schaue mich um und versuche herauszufinden, wo genau ich bin. Die Dunkelheit macht mir jedoch einen Strich durch die Rechnung. Mühsam richte ich mich auf und wanke durch den Wald. Nach einigen Metern komme ich an einen alten Baum, auf dessen dicken, verwinkelten Ästen ich als kleiner Junge hochgeklettert bin. Von da aus ist es nicht mehr weit bis zum Haus meiner Eltern. Gut so, dann kann ich mir die letzten Stunden Schlaf auf ihrem Sofa gönnen.

Als mir das Leben wieder vollständig in die Gliedmaßen zurückgekehrt ist, jogge ich den restlichen Weg. Vor der Haustür zögere ich einen Moment. Es ist noch sehr früh am Morgen, die Bewohner schlafen sicher noch. Aber sie sind meine Eltern, sie werden es mir schon verzeihen.

Ich strecke den Arm aus und betätige die Klingel. Es dauert einen Augenblick, dann sehe ich im Flur das Licht angehen. Die Tür öffnet sich zögernd und der völlig zerzauste Schopf meiner Mutter schaut hinaus. Sie hat sich in der Eile ihren Morgenmantel verkehrt herum umgeschlungen.

»Felix«, murmelt sie träge, dann fällt ihr Blick auf meine völlig verdreckten Klamotten. Bevor sie noch mehr sagen kann, ergreife ich das Wort. »Darf ich auf dem Sofa schlafen?«

Sie tritt zur Seite und lässt mich ins Haus. »Ich will gar nicht wissen, was passiert ist«, meint sie. »Aber du gehst jetzt erst einmal duschen. Die Handtücher findest du in dem Schrank unter dem Waschbecken.«

Ich komme ihrer Aufforderung nur allzu gern nach. Das warme Wasser spült den Schmutz von meinem Körper, lässt mich zu einem anderen Menschen werden, und als ich den Duschvorhang zur Seite schiebe, liegen auf einem kleinen Hocker schon eine Hose und ein T-Shirt von meinem Vater für mich bereit.

Ich rubble mir meine Haare trocken, schlüpfe in die frischen Klamotten und schlendere in die Küche. Eine dampfende Tasse Kaffee und ein Käsesandwich warten dort bereits auf mich. Wie damals, wenn ich als Teenager mitten in der Nacht nach Hause gekommen bin. Während ich trinke und esse, inspiziert Christine meine Hand und schmiert sie mit einer übelriechenden Salbe ein.

Ich vermute, ihr brennt die Frage nach dem Warum auf der Zunge, doch sie sagt nichts.

Als meine Hand vollständig verbunden ist, sieht sie mich prüfend an. »Dein Vater wird dich auslachen, wenn er hiervon erfährt. Aber es könnte auch einfach unter uns bleiben.«

Ich nehme sie in den Arm und drücke sie liebevoll an mich. »Danke, Mama. Für alles.«

Kopfschüttelnd winkt sie ab. »Ich bitte dich, werde jetzt nicht sentimental.« Sie unterdrückt ein

Gähnen. »Du kannst im Wohnzimmer schlafen, ich habe dir eine Decke auf das Sofa gelegt. Und bitte putz dir die Zähne, deine Fahne ist kaum zu ertragen.«

Grinsend lausche ich ihren Schritten, die knarzende Geräusche auf der alten Holztreppe verursachen, bevor ich ihrer Bitte nachkomme und es mir auf dem Sofa gemütlich mache. Nach dem Frühstück werde ich gleich zu mir nach Hause fahren, um mich umzuziehen, bevor ich nach Sophia sehe.

Ich verdränge meinen Hass auf Justin, rufe mir Sophias strahlendes Lächeln ins Gedächtnis. Ich werde nicht zulassen, dass ihr etwas passiert. Nie wieder soll sie meinetwegen leiden.

Kapitel 19

Sophia

Den ganzen nächsten Morgen verschlafe ich einfach. Und als ich es dann doch endlich schaffe, gegen Mittag aufzustehen, dreht sich das Zimmer um mich herum und ich vergrabe mich wieder unter meiner Decke. Ich hasse Kater. Vor allem solche. Einschlafen kann ich aber auch nicht mehr, selbst wenn ich es mir so sehnlich wünsche. Ich versuche, das flaue Gefühl im Magen einfach zu ignorieren, Übelkeit am Morgen nach einer durchzechten Nacht ist schließlich nichts Ungewöhnliches, oder? Grummelnd falle ich mehr aus meinem Bett, als dass ich richtig aufstehe, und schleife mich träge zum Badezimmer. Eine warme Dusche ist genau das, was ich jetzt brauche. Oh ja. Besonders um den Gestank der letzten Nacht aus meinen Haaren zu bekommen. Das ist wirklich widerlich.

Während ich darauf warte, dass sich das Wasser erhitzt, putze ich mir schon einmal die Zähne, wohlwissend, dass es nichts gegen meine Fahne ausrichten kann. Aber schaden tut es ja trotzdem nicht. Ich ziehe mir den Pyjama aus und beim Blick in den Spiegel bemerke ich das Ausmaß des gestrigen Abends: *Ach du meine Güte.* Mein Bauch hat sich über Nacht flächenweise dunkelblau verfärbt, der Rand schimmert hier und da ein wenig heller. Doch erstaunlicherweise schmerzt es nicht mehr, als ein normaler blauer Fleck, den man sich zuzieht, wenn man gegen ein Tischbein läuft. Wahrscheinlich ist es doch mehr der Schock gewesen, der mich so aus der Fassung gebracht hat. *Erinnere dich nicht daran, Sophia. Heute ist ein neuer Tag.*

Das Wasser ist warm, und als ich mich von oben bis unten eingeseift und wieder abgespült habe, rieche ich förmlich, wie sich die Rauchwolke des Gestanks verabschiedet und dem wohligen Duft des Teebaumöls freies Feld lässt. Wenigstens etwas. Als ich die Dusche verlasse, schlägt mir kalte Luft entgegen. Fröstelnd greife ich nach dem Handtuch und trockne mich schnell ab. Die nassen Haare föhne ich mir nur einmal kurz durch, bevor ich sie zu einem unordentlichen Knoten zusammenbinde. Heute ist es mir egal, wie ich aussehe. Ich habe nichts weiter vor und werde ganz gewiss keinen Fuß vor die Tür setzen. Sehen wird mich also eh niemand.

Um den Tag auch vollends entspannt zu beginnen, ziehe ich nichts weiter an als meine pinke Hotpants und dazu ein weißes Top mit der verschnörkelten Aufschrift *Never grow up* neben der kleinen Tinkerbell. Jetzt fehlt nur noch eine Gesichtsmaske. Au ja! Im Badezimmer wird doch bestimmt noch eine zu finden sein. Ich durchwühle den Spiegelschrank und werde tatsächlich fündig. Ein Probetütchen aus dem Drogeriemarkt. Vorsichtshalber schaue ich auf das Ablaufdatum. Das ist schon fast zwei Jahre her … Was soll's, damit passiert ja nichts. Und Anti-Aging schadet auch nicht, man kann schließlich nie früh genug damit anfangen, vorbeugende Maßnahmen zu ergreifen. Großzügig schmiere ich mir die klebrige Masse aufs Gesicht. Die Kühle ist wunderbar erfrischend.

In diesem Moment meldet sich lautstark mein Bauch. Barfuß tänzle ich durch die Wohnung in Richtung Küche, als es plötzlich klingelt. Der schrille Ton erschreckt mich so sehr, dass ich volle Lotte gegen die Kommode laufe. AUUUUUAAAA. Ich verziehe schmerzverzehrt die Mundwinkel und merke gleichzeitig, dass sich durch den Zusammenstoß einzelne Strähnen aus dem Zopf gelöst haben, die nun quer über meinem Gesicht in der Maske kleben bleiben. »Verflucht«, stoße ich aus und humple zur Tür. »Hallo?«, frage ich leicht genervt in die Gegensprechanlage.

»Hallo Sophia. Hier ist Felix.«

»Oh, shit«, entfährt es mir, als ich mich wieder erinnere. Er hat gesagt, dass er nach mir schauen will. So ein Mist. Und ich habe es total vergessen.

»Sophia?«

»Äh, natürlich, komm doch hoch.«

Ich drücke auf den Knopf, um ihm die Haustür zu öffnen und habe gerade noch Zeit mir ein Pfefferminzbonbon einzuschmeißen, als es bereits an meiner Wohnungstür klopft. Ich hole tief Luft, setze mein schönstes Lächeln auf und öffne.

»Oh, wow«, entfährt es ihm, als er mich völlig zerzaust und vollkommen durcheinander vor sich stehen sieht. »Habe ich dich geweckt?« Zu dem Geschmiere in meinem Gesicht verliert er kein Wort. Ein wahrer Gentleman.

Ich spüre, wie mir die Röte in die Wangen steigt und bin doch froh, dass er das unter der Maske nicht sehen kann. Wie peinlich.

»Ja«, stammle ich nur und ziehe ihn dann in die Wohnung, damit ich die Tür wieder schließen kann. Die neugierigen Nachbarn müssen mich in diesem Zustand nicht unbedingt auch noch sehen. »Oder auch nein«, fahre ich fort, ohne dass ich recht weiß, was ich ihm sagen soll. »Also, ich habe bis gerade eben geschlafen, ja. Und ich bin ehrlich, ich habe es total vergessen, dass du kommen wolltest.« Zerknirscht sehe ich ihn an, doch er fängt einfach nur an zu lachen.

»Ich kann auch wieder gehen, wenn dir das weniger peinlich ist.«

»Nein, es ist mir nicht peinlich. Und wo du doch schon hier bist ... Ich war gerade auf dem Weg mir etwas zu Essen zu machen. Einen strammen Max vielleicht. Möchtest du auch?«

»Bei Essen sage ich nie nein, das weißt du doch«, antwortet er.

»Gut ... dann mach es dir bequem und fühl' dich ganz wie zu Hause. Ich muss eben mein Gesicht von diesem Zeug hier befreien.«

Hastig stürme ich zurück ins Bad und schrubbe mir mit einem nassen Waschlappen die Maske herunter, was eine ganz schöne Sauerei verursacht und zudem hässliche rote Flecken auf meiner Haut hinterlässt. So eine Verschwendung. Egal, jetzt ist es eh zu spät.

Zurück in der Küche sehe ich, wie Felix verträumt aus dem Fenster schaut. Und für einen Augenblick sieht er wieder aus wie der kleine Junge von damals.

»Setz dich«, befehle ich, während ich die Eier aus dem Kühlschrank hole.

»Ja, Chef«, neckt er mich, holt Portemonnaie, Schlüssel und Handy aus seinen Gesäßtaschen, legt alles auf den Tisch und nimmt dann Platz. Ich habe nie verstanden, wie Männer den ganzen Kram in ihren Hosen unterbekommen.

Während ich uns jeweils einen strammen Max zubereite, sagt er nichts. Also, er fragt, ob er mir helfen könne, doch diese Zubereitung ist so simpel, dass ich sie auch ohne Hilfe hinbekomme. Und obendrein ist er mein Gast. Nur ansonsten sagt er halt nichts. Ich vermute, dass er mich beobachtet. Glücklicherweise habe ich ihm den Rücken zugedreht, somit kann ich einfach so tun, als bemerke ich es nicht. Auch während des Essens sieht er mich an, und ich will etwas sagen, irgendwas. Aber mir fällt nichts ein. Da ist absolute Leere in meinem Kopf. Also schweige ich ebenfalls und beobachte ihn aus dem Augenwinkeln. Er hat sich die Knöchel verbunden. Gut so, dann tut ihm wenigstens auch etwas weh. Gleichzeitig überkommt mich ein schlechtes Gewissen. Er hat sich schließlich meinetwegen geprügelt. Ein vorsichtiger Blick in sein Gesicht verrät mir, dass er nicht viel geschlafen hat, dunkle Schatten umranden seine Augen. Er sieht hundemüde aus.

Als wir fertig sind, bricht er das Schweigen: »Wie geht es dir?«

Mit dieser Frage kommen endgültig alle Gedanken zurück, und ich kann nicht verhindern, dass sich meine Finger unwillkürlich auf den Bauch legen.

»Es tut mir leid, Sophia«, sagt er und schluckt. Seine Hand berührt sanft die meine, doch ich ziehe sie weg. Hastig springe ich auf und trage das dreckige Geschirr zur Spüle. »Wie es mir geht?«, frage ich spitz, dabei will ich gar nicht so zickig klingen. »Gut geht es mir, hervorragend.« Lautstark knalle ich die Teller in das Spülbecken. »Es ging mir nie besser.« Ich greife nach der Pfanne, doch sie ist noch heiß, sodass ich zurückzucke. Tränen treten in meine Augen und das nicht, weil ich mich verbrannt habe. »Verdammt!« Ich wende mich ab, damit er mich nicht schon wieder heulen sieht.

Plötzlich spüre ich seinen warmen Körper hinter mir, große Hände, die langsam über meine Arme streichen und mich dann zu sich herumdrehen.

»Pscht«, macht er leise, drückt mich an sich und hält mich fest.

Im ersten Moment verkrampfe ich mich. Doch dann schließe ich die Augen und lehne mich an ihn. Ich kann ihm einfach nicht länger böse sein. Seine Umarmung verstärkt sich, aber es fühlt sich keineswegs beklemmend an. Vielmehr geborgen. Ja. Ich fühle mich geborgen. Mein verheultes Gesicht vergräbt sich in seinem Shirt, meine Arme habe ich um seinen Bauch geschlungen wie jemand, der Rettung sucht. Und er riecht so gut.

»Sophia«, flüstert er und küsst mich auf den Haarschopf. »Dir wird niemand mehr ein Leid zufügen, das verspreche ich dir.« Seine Hand fährt durch mein zotteliges Haar, das sich nun vollständig aus dem Zopf gelöst hat. »Du gehörst geliebt und nicht geschlagen.«

Ich rücke ein wenig von ihm ab, um ihm in die Augen sehen zu können, doch meine Finger krallen sich weiterhin an seinem Shirt fest, weil ich befürchte, dass ich ihn verliere, wenn ich loslasse. »Du warst immer für mich da, Felix. Du hast mich geliebt, nicht wahr?«

Er erwidert meinen Blick, schöne, grüne Augen sehen mich an, und seine Hand streichelt mir über die Wange und den Hals. Es fühlt sich so gut an. Wie in einem Traum.

»Ich habe dich immer geliebt. Jeden Tag, jede Stunde, jede Sekunde habe ich mich nach dir verzehrt und mich gequält, weil du Justin gehörtest und nicht mir. Dabei hat dieses Schwein dich niemals verdient.« Ein bitterer Ausdruck tritt in sein Gesicht. »Doch du hast ihn nie verlassen. Du warst ihm immer treu, dabei lagen sie dir alle zu Füßen. Du hast es nicht gesehen.«

Meine Augen füllen sich erneut mit Tränen. »Felix«, flüstere ich und berühre ihn an der Wange, doch er rührt sich nicht mehr, sieht mich einfach nur an.

»*Warum* hast du es nicht gesehen?«, fragt er.

Meine Hände beginnen zu zittern, die Gedanken drehen sich im Kreis, mein Magen fährt Achterbahn und die Beine fangen unkontrollierbar an zu schlottern. Schon wieder. Ich schwanke. Felix greift nach mir und hält mich fest. Ich weiß nicht, ob mein Kreislauf wegen ihm verrücktspielt oder es eine Nachwirkung meiner Bauchverletzung ist. Mein Kopf wird wieder klar.

»Ich war blind«, wimmere ich. »Er war so gut zu mir.«

»Er war so *gut* zu dir?« Die Fassungslosigkeit schwingt ihm deutlich in der Stimme mit. Da ist dieser Ausdruck in seinem Gesicht, der eine Blick, mit dem sie mich alle ansehen, wenn ich Justin in Schutz nehme. Aber warum glauben sie mir nicht? Da ist etwas Gutes in ihm! Ich habe ihn doch nicht ohne Grund geliebt …

»Du verstehst nicht, er war gut, am Anfang war er ein toller Kerl. Er hat sich verändert.« Oh nein, ich tue es schon wieder.

»Er hat sich nicht verändert, Sophia. Er ist nie anders gewesen, auch zu dir nicht.«

Ich schlucke schwer. Seine Augen, die mich eindringlich zu durchlöchern scheinen und dennoch voller Sorge sind, sie bringen mich um den Verstand, verwirren mich.

»Ich war allein«, sage ich leise. »Ich fühlte mich einsam.«

Felix' Blick wird milder, seine Züge entspannen sich.

»Er hat mir Gesellschaft geboten. Aber ich bin immer noch allein, Felix.«

»Was redest du denn da, Sonnenschein?«, murmelt er und schüttelt leicht den Kopf. »Du bist nicht allein.« Er hebt mein Kinn an. »Nicht mehr.« Dann küsst er mich. Ich hatte Angst. Doch in diesem Augenblick ist die Angst explosionsartig ausgelöscht. Es ist ungewohnt. Er küsst so ganz anders als Justin. Viel zärtlicher und leidenschaftlicher. Und ein kleines bisschen fordernd, aber ganz gewiss nicht drängend. Er hat schon so viele Jahre auf mich gewartet und würde es auch noch länger tun, das weiß ich. Aber ich nicht.

Ich will mehr.

Ich will *ihn*.

Meine Finger krallen sich unnachgiebig in sein Shirt, ich ziehe ihn näher zu mir heran und drücke den Körper begierig an seinen. Vergessen ist die Übelkeit und mein schwacher seelischer Zustand. Kurz bin ich mir unsicher, ob ich nicht zu weit gehe. Doch als er einen tiefen Seufzer von sich gibt, werfe ich alle Bedenken über Bord.

Blind fahren meine Finger über seine Brust und den Bauch, bis sie den Saum seines Shirts erreichen. Ich ziehe es ihm aus. Unter meinen Fingerspitzen spüre ich die erhitzte Haut und seine durchtrainierten Muskeln. Ich muss grinsen. Ich habe nicht gewusst, dass er so sportlich ist. Er drückt mich mit seinem Gewicht gegen die Küchenzeile, weil unsere Körper sich so nahe wie möglich sein wollen, ohne dass es mir wehtut. Seine Zunge gleitet über meinen Hals und mir entweicht ein leises Stöhnen.

»Bist du dir sicher, dass du das wirklich willst?«

Ich löse mich von ihm, entzückt, dass er so viel Rücksicht auf mich nimmt und sich um mich sorgt. Doch es ist gut so, mit ihm fühlt es sich richtig an. Meine Hand ergreift seine und ich führe ihn ohne ein weiteres Wort ins Schlafzimmer. Direkt auf das ungemachte Bett zu. Egal, das ist unwichtig. Ich lasse ihn los, lege mich hin und strecke mich aus. Einen Augenblick lang sieht er mich einfach nur an, sein Blick huscht umher, als würden sie sich jedes einzelne Detail von mir einprägen wollen. Dann entledigt er sich seiner Jeans und beugt sich über mich. Ich ziehe ihn zu mir herunter und küsse ihn leidenschaftlich. Meine Finger wandern seinen kräftigen Rücken entlang bis zu den Shorts. Ich packe ihn an seinem Po und presse ihn an mich, bis ich seine Lust spüren kann. Er stöhnt auf. Und ich lächele. Er ist perfekt.

Seine Hände berühren kurz meine zurzeit ungewohnt empfindlichen Brüste, was mir einen wohligen Schauer bereitet, bevor er mir das Top über den Kopf zieht. Als er meinen blau schimmernden Bauch sieht, hält er inne. Schockiert reißt er die Augen auf, sein Gesicht ist auf einmal so blass wie Ziegenkäse.

»Sophia«, haucht er, »das sieht furchtbar aus.«

Ich streiche ihm beruhigend durch das Haar und küsse ihn. »Es geht mir gut. Mach dir keine Sorgen.«

Er kneift die Augen zu schmalen Schlitzen zusammen und mustert mich prüfend. »Wenn du auch nur den kleinsten Schmerz fühlst, sagst du mir sofort Bescheid.«

Ich verspreche es ihm. Er erwidert meinen Kuss, zunächst zögernd, doch dann voller Inbrunst. Seine Hände gleiten tiefer zu meinen Hotpants, von denen er mich schnell befreit. Ich packe ihn an den Schultern und stoße ihn von mir herunter. Er lässt es willig geschehen und ich setze mich auf ihn. Es ist ein aufregendes Gefühl, Justin hat mir niemals die Oberhand gelassen.

Felix schließt genießerisch die Augen und ich küsse ihn. Ich küsse seine warmen Lippen, das frisch rasierte Kinn, seine glatte Brust, den muskulösen Bauch. Dann befreie ich ihn von den Shorts und küsse auch seine steife Männlichkeit. Meine Zunge gleitet sanft über die zarte Haut, ich nehme sie in den Mund und beobachte, wie er stöhnend den Kopf in das Kissen drückt. Ihn so voller Lust zu sehen, lässt meinen Puls beschleunigen.

Überrascht keucht er auf und sieht mich an, als ich ihn zärtlich in sein bestes Stück beiße. Grinsend zieht er mich wieder zu sich nach oben, küsst und berührt mich sanft, wie es keiner je zuvor getan hat. Sein linker Arm hält mich umschlungen, während seine rechte Hand an meinem Körper hinunter zwischen meine Beine gleitet und mich massiert. Ein Beben geht durch meinen Körper, dicht gefolgt von einer zweiten und dritten Welle der Lust. Er weiß genau, wo sich die Lustpunkte einer Frau befinden.

Ich bin wie benebelt, weiß nicht ein noch aus. Nur eines erscheint mir so klar wie die Sterne an einem dunklen Nachthimmel: Ich will diesen Mann!

Meine Zunge drängt sich ihm gierig zwischen die Lippen. Dann setze ich mich auf seinen Schoß. Wir keuchen zur gleichen Zeit. Ich richte mich auf und beginne, mich sanft auf ihm zu bewegen. Ihn in mir zu spüren ist ein überwältigendes, unglaublich intensives Gefühl. Seine geschlossenen Augen und die leicht geöffneten Lippen verraten mir, dass es ihm gefällt. Stöhnend lege ich meinen Kopf in den Nacken, lehne mich nach hinten und stütze mich auf seinen Beinen ab, während ich die Hüften kreisen lasse. Seine Finger malen die Konturen meiner Brüste nach, wandern sanft bis zum Bauch hinunter …

Plötzlich packt er mich mit beiden Händen an der Hüfte und mit einem Mal liege ich unter ihm. Er drückt meine Arme über meinem Kopf in die Kissen, umschließt mit nur einer Hand beide Handgelenke und hält sie fest. Ich bin unfähig, mich zu bewegen. Stattdessen überlasse ich Felix die Kontrolle, lasse mich von ihm verwöhnen, lieben und um den Verstand bringen, bis wir mit einem lauten Schrei explodieren.

Mein Herz! Es rast als wolle es mir aus dem Brustkorb springen, um sich aus seinem Käfig zu befreien und mit weißen Flügeln ins Paradies zu fliegen.

Oh. Mein. Gott.

Zitternd liege ich in seinen Armen und fühle mich wie neugeboren. Einfach unbeschreiblich glücklich. Schweratmend küsst er mich auf die schweißnasse Stirn, während seine Finger zärtlich meinen Rücken hinauf- und wieder hinunterwandern. »Ich will mit dir zusammen sein«, flüstert er. »Ich liebe dich, Sophia.«

Verdammt. Ich habe gewusst, was er für mich empfindet, wir haben vorhin darüber gesprochen. Doch ich bin noch nicht soweit, diese Liebe zu erwidern. Nicht nach allem, was mit Justin vorgefallen ist.

»Sag nichts«, murmelt er. »Nicht, solange du nicht bereit dafür bist.« Und da ist sie wieder, die tiefe Dankbarkeit, die ich für ihn empfinde. *Warum bist du nur so perfekt? Wie kann das sein?*

»Ich mache uns einen Kaffee«, schlage ich ausweichend vor, und er nickt zustimmend. Flink krieche ich aus dem warmen Bett und schlüpfe wieder in meine Klamotten. Im Flur fährt mir ein plötzlicher Schmerz durch den Magen. Keuchend taumle ich gegen die Kommode, halte mich daran fest und warte, bis sich die Wohnung nicht mehr dreht.

»Ist alles in Ordnung?«, höre ich seine besorgte Stimme.

»Ja«, versichere ich ihm noch, dann wird es schwarz um mich.

Kapitel 20

Felix

»Wach auf, Sophia!«, brülle ich in der Hoffnung, sie würde mich hören, die Augen öffnen und alles wäre wieder gut. Doch sie rührt sich nicht, liegt bewusstlos in meinen Armen, und mein Herz rast. Mir fällt es schwer, auch nur einen klaren Gedanken zu fassen. Wäre ich doch direkt mit ihr zum Arzt gegangen!

»Wach auf«, versuche ich es noch einmal vergeblich. Wo bleibt der verdammte Krankenwagen? Das dauert viel zu lange! Ich drücke das Handtuch weiter auf ihre aufgeplatzte Stirn, dort, wo sie beim Fallen gegen die Kommode gekracht ist. So viel von ihrem Blut - überall!

Der erleichternde Klang der Sirenen erfüllt die Straße, kurz darauf erschallt die Stimme des Nachbars im Treppenhaus, der freundlicherweise die Rettungskräfte in Empfang nimmt und sie zur Wohnung führt. Sie wissen, was zu tun ist, ich habe am Telefon bereits alles erklärt. Ich mache ihnen Platz, lasse sie ihre Arbeit tun und versuche zitternd, einfach nicht im Weg zu stehen.

»Sind Sie Felix Weber?«, fragt mich der Notarzt.

Ich nicke und als ich ihm antworte, klingt meine Stimme ungewohnt fremd. »Ja, ich habe in der Notrufzentrale angerufen.«

Der Notarzt sieht mich misstrauisch an. Natürlich, was soll er auch denken, hier liegt eine verprügelte junge Frau mit einer Platzwunde an der Stirn. Und ich sehe auch furchtbar aus, dunkle Ränder unter den Augen und eine verbundene Hand.

»Sind Sie ihr Lebenspartner?«

Ich schlucke. Eine gute Frage. Was genau bin ich denn? »Ihr Freund, ja«, sage ich zögerlich. Ganz gelogen ist es nicht. »Darf ich sie begleiten?«

»Nein«, antwortet der Notarzt. Ich stoße zischend die Luft aus und balle die Hände zu Fäusten, um die Wut über meine Hilflosigkeit zu kontrollieren. Er glaubt mir nicht. Aber ich kann ihn auch verstehen.

»Packen Sie vorsichtshalber für Ihre Freundin eine Tasche mit ihren nötigsten Sachen und kommen Sie dann ins Krankenhaus.«

Ich nicke. »Danke.«

Es fällt mir unglaublich schwer, untätig dabei zuzusehen, wie die Sanitäter die Frau, die ich liebe, auf eine Liege schnallen und sie vorsichtig das Treppenhaus hinuntertragen. Vom Fenster aus sehe ich ihnen zu, wie sie Sophia in den Krankenwagen hieven, und erst als der Wagen lautstark in der nächsten Straße verschwunden ist, kann ich mich von der Fensterscheibe losreißen. Ich öffne den Kleiderschrank und durchwühle ihn, bis ich endlich in der hintersten Ecke eine große Tasche finde. Verdammt! Was braucht man denn alles für einen Krankenhausaufenthalt? Mit bebenden Fingern ziehe ich wahllos mehrere T-Shirts und zwei Jogginghosen aus dem Stapel, dazu noch reichlich Unterwäsche, und stopfe das ganze Zeug hinein. Danach hole ich alles aus dem Badezimmer, was griffbereit herumsteht. Die Tasche ist voll bis zum Rand, und ich brauche mehrere Anläufe, um den Reißverschluss zu schließen. Erschöpft lasse ich mich auf dem Bett nieder. Nur einen Moment ausruhen …

Hastig springe ich wieder auf. *Reiß dich zusammen, Mann! Sophia braucht dich, also sei kein Weichei!* Ich schnappe mir die Tasche und renne die Treppen hinunter zu meinem Auto.

Unterwegs übersehe ich eine rote Ampel. Ich weiß, dass ich aufpassen muss, sonst lande ich selbst im Krankenhaus oder schlimmer noch – jemand völlig Fremdes. Das möchte ich auf keinen Fall! Doch ich kann nur an Sophia denken. Meine Sophia … Das Auto jault und jammert, so sehr drücke ich das Gaspedal durch, doch es bringt mich sicher zum Krankenhausparkplatz. Ich werfe mir die Tasche über die Schulter, renne über das Gelände und in das Gebäude. Die Schwester am Empfang guckt mich völlig entgeistert an.

»Sophia Rosenbaum«, keuche ich. »Sie ist eben vom Notarzt eingeliefert worden.«

Sie starrt mich an, als wäre ich verrückt. »Und Sie sind?«, fragt sie schließlich.

»Felix Weber, ihr Freund.« Jetzt habe ich es schon wieder gesagt. Aber es hört sich so gut an …

»Frau Rosenbaum wird gerade untersucht.«

Oh mein Gott. Ich spüre, wie meine Beine zu Pudding werden.

»Ist alles in Ordnung bei Ihnen?«

»Es geht schon«, stoße ich aus und stütze mich am Empfangstresen ab.

»Sind Sie sicher? Sie sehen sehr blass aus.« Sie kommt hinter dem Tresen hervor und geht zum Trinkwasserspender, der nahe am Eingang steht. Der Wasserbehälter gluckert lautstark und kurz danach reicht sie mir einen Pappbecher mit Wasser, den ich dankend annehme. Nach einem Schluck geht es mir besser. »Kann ich zu ihr?«

Sie schüttelt bedauernd den Kopf. »Ich darf keinen zu ihr lassen, solange nicht geklärt ist, wer Ihre Freundin so zugerichtet hat.« Sie wirft einen vielsagenden Blick auf meine verbundene Hand. »Muss Ihre Hand auch versorgt werden?«

»Mir geht es gut, danke. Es war ihr Ex-Freund, wir sind ihm gestern Nacht begegnet, da ist er ausgerastet. Wir haben nicht gedacht, dass der Schlag solche Folgen nach sich ziehen würde. Zudem waren wir leider auch ziemlich betrunken. Fragen Sie sie, wenn sie wieder aufwacht, nur bitte, lassen Sie mich bei ihr sein.«

»Sie können sich gern in unserem Besucherbereich einen Kaffee holen und dort warten, bis ich Ihnen Näheres sagen kann. Oder Sie geben mir Ihre Telefonnummer und ich benachrichtige Sie, sobald Ihre Freundin wieder ansprechbar ist. Mehr kann ich leider nicht für Sie tun.«

Ich schüttle den Kopf, dann nicke ich langsam. »Ist schon gut. Vielen Dank. Ich werde warten.«

Kapitel 21

Sophia

Laute Stimmen, überall um mich herum, ich kann sie hören, sie klingen hektisch, in Eile. Worüber reden sie? Über mich? Ich kann sie hören, aber nicht sehen. Warum kann ich sie nicht sehen? Helligkeit ... Was ist es? Ist es gut? Oder schlecht? Am Ende des Tunnels ist das weiße Licht ... sterbe ich? Wo bin ich? Was passiert hier? Dieses Licht! Macht, dass es aufhört! Es tut so weh, so schrecklich weh ...

Ich kann mich nicht dagegen wehren, meine Augen werden schwer und ich schlafe unweigerlich ein.

♥♥♥

Als ich aufwache ist es ganz still. Eine ungewöhnliche Stille, beinahe schon furchteinflößend, wie die Momente in einem

Horrorfilm, kurz bevor etwas Schlimmes passiert. Hoffentlich ist das hier kein Horrorfilm, davon bekomme ich immer Albträume …

Unsicher öffne ich die Augen und sehe mich um. Ich befinde mich in einem kleinen Zimmer mit weißen Wänden. Durch die Jalousien fällt schwach das Licht der Sonne direkt auf die weiße Bettdecke. Langsam drehe ich den Kopf. Neben meinem steht noch ein weiteres Bett, das jedoch mit einer Folie abgedeckt ist. Es sieht aus wie in einem Krankenhaus. Warum bin ich hier? Was ist passiert? Ich versuche, mich aufzurichten, doch mein Kopf schmerzt, als würde eine Horde Nilpferde Fußball spielen. Also bleibe ich liegen und sehe mich weiter um. Ein Lächeln umspielt meine Lippen, als ich ihn entdecke. Er sitzt zusammengesunken auf einem klapprigen Stuhl an meinem Bettende und schläft. Wie lange er wohl schon hier ist? Einen Moment lang schaue ich ihm beim Schlafen zu. Wie friedlich er aussieht, aber auch so müde und entkräftet.

»Felix«, will ich flüstern, doch meine Kehle ist so ausgedörrt, dass ich husten muss. Sofort schreckt er hoch, starrt mich mit weit aufgerissenen Augen an. Er setzt an, etwas zu sagen, doch genau in diesem Augenblick öffnet sich die Tür und ein Mann, gekleidet in einen weißen Kittel und mit einem Stethoskop um den Hals, betritt das Zimmer. Dem Arzt folgt eine Krankenschwester.

»Hallo Frau Rosenbaum«, sagt er ernst. »Schön, dass Sie wach sind. Mein Name ist Martin Meerwald. Ich bin der leitende Arzt. Wie fühlen Sie sich?«

»Wasser«, krächze ich. Er nickt der Schwester zu und sie schüttet mir ein Glas ein, stützt vorsichtig meinen Kopf und hält es mir an die Lippen. Das tut gut. Ich hätte nie gedacht, dass Wasser so lecker schmecken kann.

»Mein Schädel brummt«, murmele ich wahrheitsgemäß.

Er nickt. »Ja, Sie sind ohnmächtig geworden und mit dem Kopf aufgeschlagen. Zum Glück nicht mehr als eine leichte Gehirnerschütterung und eine Platzwunde, die wir genäht haben. Frau Rosenbaum, ich muss Ihnen leider eine Frage stellen. Wer hat Sie so zugerichtet?«

Erschrocken zucke ich zusammen. Jetzt fällt es mir wieder ein. Meine Hand legt sich auf den Bauch, doch die Krankenschwester zieht meinen Arm zurück und legt ihn mir an die Seite. »Bitte machen Sie keine ruckartigen Bewegungen.«

Verwirrt sehe ich sie an. »Warum, was ist los?«

»Sie haben ein stumpfes Bauchtrauma erlitten, eine Verletzung des Bauchraumes, verursacht durch stumpfe Gewalteinwirkung. Einen Schlag vielleicht?«

Der Arzt wartet, bis ich zustimmend nicke, dann fährt er fort: »Der Schlag hat keine Organe verletzt, Sie hatten Glück. Jedoch war der körperliche

Angriff, Ihr hoher Alkoholpegel und ich vermute mal Stress zu viel für Ihre Nerven und Ihren Körper. Was Sie jetzt brauchen ist Ruhe. Doch zurück zu meiner Frage: Wer hat Sie so zugerichtet?«

Ich schüttle den Kopf, als könnte ich so die aufkommenden Erinnerungen vertreiben. »Es war Justin, mein Ex-Freund.«

Der Arzt nickt. »Ich habe auch noch eine gute Nachricht, die Sie sicherlich freuen wird: Dem Fötus ist nichts passiert.«

Verwirrt sehe ich ihn an. Was hat er gesagt? »Dem Fötus?«

Er lächelt freundlich. »Ja, Ihrem Baby. Wussten Sie das nicht? Sie sind in der achten Woche schwanger.«

Ich bin unfähig, mit mehr als einem »Oh« auf diese Nachricht zu reagieren.

»Gut, ich lasse Sie beide jetzt allein. Falls Sie etwas brauchen, drücken Sie bitte diesen Knopf, dann wird sich jemand um Sie kümmern.«

Felix dankt ihm und der Arzt und die Krankenschwester verlassen das Zimmer. Vorsichtig setzt Felix sich auf die Bettkante, nimmt meine Hand in seine und haucht einen Kuss darauf.

»Jag mir nie wieder so einen Schrecken ein«, bittet er mich und schenkt mir ein schwaches Lächeln.

»Felix …« Ich streiche ihm sanft über die Wange. »Danke.«

»Ich habe gesagt, dass ich dein Freund bin, sonst hätten sie mich nie zu dir gelassen«, gesteht er, und ich kann nicht anders, als sein Lächeln zu erwidern. »Du hast nicht gelogen«, flüstere ich.

Dann fällt mir wieder ein, was der Arzt gesagt hat. Ich bin schwanger. Mir ist in dem ganzen Chaos mit Justin nicht einmal aufgefallen, dass ich meine Periode nicht bekommen habe. Wie konnte das nur passieren? Natürlich habe ich mir immer schon Kinder gewünscht, aber nicht so, nicht jetzt und vor allem nicht von diesem Mann. Die Erkenntnis reißt mich in ein tiefes Loch, ich weiß nicht, ob ich mich freuen oder traurig sein soll. Mir ist nach beidem zumute.

Ich suche seinen Blick, den er abwesend an mir vorbei richtet, und vermute, dass ihm das gleiche durch den Kopf geht. Für ihn muss es noch schwerer sein als für mich.

»Felix …«, beginne ich, doch er schüttelt nur den Kopf.

»Ruh dich aus, meine Herzkönigin.« Er erhebt sich und küsst mich auf die Stirn. »Ruh dich aus und werde wieder gesund. Danach reden wir.«

Ich sehe ihm nach, wie er eilig den Raum verlässt, als flüchte er vor etwas. Natürlich, ich bin schwanger und es ist nicht sein Kind. Wenn ich könnte, würde ich genauso aus dem Zimmer stürmen.

»Scheiße!«, fluche ich, dann kommen die Tränen. Sylvias Wunsch hat sich erfüllt, sie wird endlich Oma.

Und was ist mit mir? Ich sitze verwundet in einem Krankenhausbett, ohne Familie, meine beste Freundin ist weit weg und mein einziger Freund lässt mich im Stich, weil er die Wahrheit nicht ertragen kann.

Schluchzend lege ich mir die Hände auf das Gesicht. Meine Bauchmuskeln verkrampfen sich, ein Schmerz durchflutet meinen Körper und ich bemühe mich, die Atmung zu kontrollieren, um den Tränen Einhalt zu gebieten.

Wie soll ich das nur finanzieren? So aussichtslos die Situation auch erscheint, ich kehre nicht zu Justin zurück. Diesen Gefallen werde ich ihm nicht tun und seiner Mutter schon gar nicht.

Es gibt genug Frauen, die es vor mir allein mit einem Kind geschafft haben. Auch wenn diese ihr eigenes Leben bestimmt besser unter Kontrolle hatten als ich. Das Baby kann nichts für meine Dummheit und ich werde es gewiss nicht für meine eigene Unfähigkeit bestrafen.

Vorsichtig schiebe ich eine Hand unter die Decke und lege sie auf meinen Unterleib.

»Kannst du mich hören, kleiner Wurm?«, frage ich schniefend. »Wir zwei schaffen das. Nur du und ich und wenn es sein muss, gegen den Rest der Welt.«

Kapitel 22

Felix

Ich schließe die Tür leise hinter mir, lehne mich erschöpft gegen die Wand und atme tief ein und aus. Mein Herz schlägt heftig in meiner Brust, als wäre ich gerade einen Marathon gelaufen. In der achten Woche schwanger … von diesem …

»Verfluchte Scheiße«, keuche ich und hebe sofort entschuldigend die Hand, als eine Frau, die gerade an mir vorbeigeht, ihrem kleinen Sohn die Ohren zuhält und mich vorwurfsvoll ansieht. Sie hat ja recht.

Ich kehre zurück in den Besucherbereich, zapfe mir einen wässrig schmeckenden Kaffee aus dem Automaten und lasse mich dort auf einen der unbequemen Stühle fallen.

»Schlecht gelaufen?«

Ich sehe auf und schaue in das lächelnde Gesicht der Krankenschwester vom Empfang. Seufzend fahre ich mir mit der unverletzten Hand durch die Haare.

»Es kommt auf den Blickwinkel an«, antworte ich ehrlich und nippe an dem Getränk. Heiß ist etwas anderes. »Aus meiner Perspektive eher schlecht. Ich würde jetzt gern irgendetwas demolieren.«

»So schlimm?« Ungebeten setzt sie sich neben mich. Zuerst frage ich mich, ob sie nicht auf einer Station Dienst hat, doch eigentlich ist es mir egal. Wenn sie keine Zeit hätte, wäre sie nicht hier und ich bin ganz froh, dass mir jemand zuhört.

»Sophia ist schwanger.« Jetzt habe ich es ausgesprochen.

»Die Bauchverletzung …«, setzt sie fragend an, doch ich schüttle schnell den Kopf. »Nein, es ist alles in Ordnung.«

»Dann ist das doch eine schöne Nachricht.«

»Ja, das wäre sie, wenn der Vater von dem Kind nicht ihr beschissener Ex-Freund wäre«, knurre ich, bevor sie mir auch noch gratulieren kann.

»Oh.« Ja, ganz genau. Oh.

»Ich weiß nicht, was ich tun soll«, gestehe ich ihr, verwundert über mich selbst, dass ich mich gegenüber einer völlig Fremden so offen gebe.

Sie antwortet nicht sofort, aber ich merke, dass sie sich genau überlegt, was sie mir als nächstes raten möchte.

»Lieben Sie sie?«, fragt sie schließlich zögerlich.

Ich nicke. »Ja.«

»Dann überlassen Sie Ihrer Freundin die Entscheidung. Glauben Sie mir, eine Abtreibung ist weitaus schmerzhafter, als ein fremdes Kind großzuziehen. Ich weiß, wovon ich spreche, denn es vergeht kein Tag, an dem ich es nicht bereue, mich gegen mein Baby entschieden zu haben.«

Ich betrachte sie von der Seite und glaube, dass sie eine gute Mutter geworden wäre. »Danke.«

Sie erhebt sich von dem Stuhl und lächelt. »Gehen Sie zu Ihrer Freundin und zeigen Sie ihr, dass sie mit der neuen Verantwortung nicht allein zurechtkommen muss.«

Ich sehe ihr nach, wie sie den Flur hinuntergeht und hinter einer der unzähligen Türen verschwindet. Sie hat recht. Schon einmal bin ich feige davongelaufen und habe sie alleingelassen, das werde ich nicht wiederholen. Ich liebe Sophia, und egal, für welchen Weg sie sich entscheidet, ich gehe mit ihr.

Ich trinke den inzwischen kalten Kaffee in einem Zug, verziehe kurz das Gesicht und werfe den Pappbecher in den Mülleimer. Dann laufe ich zurück zu Sophias Zimmer. Vor der Tür halte ich kurz inne und hole tief Luft. Als ich eintrete, sieht Sophia direkt zu mir herüber. Ihre Augen sind vom Weinen gerötet und ich verfluche mich selbst, dass ich nicht bei ihr geblieben bin, um mit ihr zu reden und die neue Tatsache zu verarbeiten.

Ich ergreife ihre kühle Hand und setze mich neben sie auf die Bettkante.

»Verzeih mir, dass ich so feige bin, Sophia«, flüstere ich. »Bevor du irgendwelche voreiligen Entschlüsse ziehst, sollst du wissen, dass ich dich liebe, und ich werde dich immer unterstützen, egal, wofür du dich entscheidest.«

Schweigend schließt sie die Augen, und für einen Moment denke ich, sie wäre eingeschlafen, doch dann sieht sie mich an, die Lippen zusammengepresst und mit einem entschlossenen Blick in den Augen. »Ich werde das Kind behalten«, sagt sie leise. »Es kann nichts für seinen Vater und muss auch nie etwas von ihm wissen. Ich werde nicht von dir verlangen, dass du bei mir bleibst. Wenn dich allein dein schlechtes Gewissen dazu veranlasst, dann bitte ich dich, geh.«

Ihre Worte berühren mich und auf einmal wirkt sie so stark, dass ich fest davon überzeugt bin, sie würde es auch ohne mich schaffen. Ich atme tief ein und aus, um das aufgeregte Flattern in meiner Magengegend zu beruhigen.

»Dann bekommen wir also ein Kind.«

Ihre Lippen verziehen sich zu einem erleichterten und irgendwie auch glücklichen Lächeln.

»Ja«, haucht sie. »Wir bekommen ein Kind.«

Ein halbes Jahr später

Sophia

»Wohin führst du mich?«, frage ich lachend, während ich weiterhin blind hinter Felix herstolpere. Durch meinen derzeitigen Umstand kann ich alles andere als schnell gehen und habe deshalb Mühe, mit ihm Schritt zu halten. Die Augenbinde ist mir da auch nicht wirklich eine Hilfe. Wir befinden uns im Park, das erkenne ich an den Geräuschen. Doch warum sind wir hier?

»Setz dich«, befiehlt er und drückt mich auf eine der Bänke. »Noch nicht gucken.«

Ich nicke gehorsam, spüre, wie er fortgeht, doch ich rühre mich nicht. Ich vertraue ihm. Seit wir zusammengezogen sind, überrascht er mich hin und wieder mit Kleinigkeiten, und manchmal glaube ich, er tut es deswegen, weil er immer noch ein schlechtes Gewissen hat. Dabei hat er sich nichts zu Schulden kommen lassen. Im Gegenteil. Mit jeder Minute meines Lebens, die ich mit ihm verbringe, liebe ich ihn mehr. Ich bin einfach nur unbeschreiblich glücklich und dankbar, dass sich unsere Wege nach so langer Zeit wieder gekreuzt haben und dass er mir beisteht.

Plötzlich setzt sich jemand neben mich auf die Bank. Es ist nicht Felix, dass erkenne ich am Geruch des Parfüms. Eine schlanke Hand ergreift die meine und ich zucke erschrocken zurück.

»Sophia.«

Einen Augenblick lang bin ich wie versteinert. Das kann nicht sein. Wie ist das möglich? Dann reiße ich mir die Augenbinde herunter und starre die Frau neben mir an. Sie wirkt müde und blass und ihre Haut ist faltiger als früher, auch ihr Haar hat deutlich an Farbe verloren. Doch ihr zaghaftes Lächeln ist dasselbe. Tränen stehen in ihren Augen.

»Mama«, hauche ich und wische die meinen fort. Ich kann nicht anders und falle ihr schluchzend in den Arm. Sie drückt mich vorsichtig an sich und küsst mich auf meinen Haarschopf.

»Mein kleines Mädchen«, flüstert sie.

»Wo ist Papa?«, frage ich zögerlich. Ich bin mir nicht sicher, ob ich es wissen will. Er ist nicht hier, und das heißt wahrscheinlich, dass er sich immer noch weigert mit mir zu sprechen. Er hasst Justin. Es wird mir nie aus dem Kopf gehen, wie er, nachdem ich mit meinem Ex zusammengezogen bin, eine Wand meines Kinderzimmers mit dem

Vorschlaghammer einriss, um mich mit den Worten »Wir vergrößern jetzt das Badezimmer« aus dem Elternhaus zu verbannen.

»Er ist im Krankenhaus.«

»Was?« Angsterfüllt sehe ich sie an und ich bereue die verurteilenden Gedanken augenblicklich. Doch meine Mutter hebt beschwichtigend die Hände. »Es geht ihm gut, er ist beim Glühbirne wechseln von der Leiter gestürzt, hat sich das Bein gebrochen und musste operiert werden. In ein paar Tagen wird er entlassen. Er kann es kaum erwarten, dich zu sehen. Seit Wochen spricht er von nichts anderem mehr.« Sie streichelt mir liebevoll über die Wange. »Du bist so schön geworden.« Sie zögert kurz. »Es tut uns leid, Sophia. Wir hätten dich niemals im Stich lassen dürfen. Bitte mach nicht die gleichen Fehler wie wir.« Sie legt behutsam ihre Hand auf meinen schon kugelrund gewölbten Bauch. »Wir sind so stolz auf dich.«

Ich weiß nicht, was ich sagen soll, so überwältigt bin ich von den Gefühlen, die über mich hereinbrechen, und der schweren Last, die von meinem Herzen fällt. Felix legt seine Hand auf meine Schulter und ich lehne mich an ihn. Das gibt mir Kraft und neuen Mut, meiner Mama in die Augen zu sehen und ihr alles zu vergeben, so wie sie mir verziehen hat.

»Wenn Papa aus dem Krankenhaus entlassen wird, dann kommt uns doch besuchen. Wir können gemeinsam etwas Leckeres kochen.«

»Das wäre wirklich schön.« Sie nickt dankbar, während sie sich schniefend mit einem bestickten Tuch die Tränen aus ihren Augen tupft.

Vielleicht schaffen wir es ja wirklich. Möglicherweise musste ich all den Schmerz und Kummer ertragen, um genau an diesem Punkt meines Lebens anzukommen. Hoffnung steigt in mir auf, dass wir nach so langer Zeit endlich wieder eine Familie sein können.

Danksagung

Die Geschichte »Herzkönigin – Vertrau auf dein Gefühl« ist ein absolutes Herzensprojekt von mir. Sie ist nicht nur mein erstes veröffentlichtes Werk, sondern beruht auch in manchen Dingen auf wahren Begebenheiten. Gewalt in der Beziehung ist ein Thema, das leider viel zu häufig vorkommt, ohne dass etwas dagegen unternommen wird. Manchmal ist es auch schwierig zu erkennen. Wo fängt es an und wo hört es auf? Wie kann man wissen, dass die eigene Beziehung nicht normal verläuft, wenn man es nie anders erlebt hat? Doch wir dürfen eins nicht vergessen: Ein Nein bedeutet immer Nein.

Mein tiefer Dank geht an alle, die dieses Buch überhaupt erst möglich gemacht und mich bei der Überarbeitung meines Debüts unterstützt haben.

Insbesondere danke ich:

♥ Laura Izzo und René Quaas, für eure Kritik zu meiner Ursprungsversion :)

♥ Luisa Baresi, für die wunderschönen Illustrationen!

♥ Chris Grimm, in dem ich nicht nur einen Autorenkollegen gefunden habe, sondern auch einen Freund.

♥ meinen Oachkatzls Natalie Elin, Jo D. Shannon, Katelyn Erikson und Elica Joyton. Wenn es eine Sache gibt, die ich positiv aus dem letzten Jahr mitnehme und über die ich wirklich glücklich bin, dann seid ihr das. Es tut so gut, sich mit gleichgesinnten Kreativköpfen austauschen zu können, ob es nun übers Schreiben ist oder zu anderem Weiberkram :D Wir sind ein gutes Team! Ich hab euch lieb, ihr verrückten Hühner!

♥ meiner Familie, die mich immer unterstützt, bei allem hinter mir steht und ganz besonders meine Liebe zum Schreiben ernst nimmt.

♥ Phil, der das Lesen nicht mag (vor allem keine »Liebesschnulzen«), sich trotzdem tapfer Seite für Seite durchgekämpft hat und sich gleichzeitig immer fleißig darum kümmert, dass ich während des Schreibens nicht verhungere. Ich weiß nicht, was ich ohne dich machen würde :*

♥ und zu guter Letzt dir, weil du die Zeit gefunden hast, diese Geschichte zu lesen!

Ich hoffe, Sophia und Felix konnten dich für ein paar Stunden mitreißen und vielleicht berührten sie sogar ein kleines bisschen dein Herz.

Danke für alles!

Jacqueline

Die Autorin

Jacqueline V. Droullier wurde 1994 in Wuppertal geboren. Sie ist gelernte Industriekauffrau und Betriebswirtin internationales Management. Mit dem Schreiben begann sie bereits im zarten Alter von 12 Jahren, doch ihre wahre Leidenschaft für das geschriebene Wort entdeckte sie erst 2016. Sie schreibt in den Genres Fantasy, Romance und Kinderbücher. Gemeinsam mit Jo D. Shannon wagt sie sich auch in den Bereich Dark Romance/ Fantasy.

Wenn sie nicht gerade liest, schreibt oder malt, engagiert sie sich als Badmintontrainerin im Verein und als Schauspielerin im Kinder- und Jugendtheater Fliegenpilz.

🏠 www.jacqueline-droullier.de
✉ kontakt@jacqueline-droullier.de
🅵 jacqueline.v.droullier
🅾 jacqueline.v.droullier

Weitere Werke der Autorin

Kinderbuch
Ab 6 Jahren
ISBN 978-3-95720-214-7
13,95€

Silberschweif ist ein junger, ungestümer Hengst und lebt auf den Wiesen von Asghalon. Das Einzige, das ihn von den anderen Wildpferden unterscheidet, ist ein elfenbeinfarbenes Horn auf seiner Stirn.

Eines Tages kommen Jäger zu den Wiesen, nehmen Silberschweif gefangen und verkaufen ihn an einen Zirkus. Gemeinsam mit der jungen Elfe Wanea gelingt ihm die Flucht, doch schon bald stehen die beiden vor einer weiteren Herausforderung: Waneas Reich wird von dem bösen Bergtroll Dragas bedroht. Mutig stellen sie sich ihm entgegen, und schnell muss Silberschweif lernen, dass sein Horn weit mächtiger ist, als er geglaubt hat …

Band 1
Dark Fantasy
ISBN 978-3-947288-79-3
14,99€

Wie entscheidest du dich, wenn das Bestehen deiner Welt von einer einzigen Seele abhängt? 1000 Seelen für seine Sterblichkeit. 1000 Seelen, um endlich wieder ein Mensch zu sein.

Caym Winterbourne ist nicht nur ein skrupelloser CEO, sondern Halbdämon auf einer höllischen Mission. Doch er ist nicht der einzige, der dieses Ziel verfolgt: Astara Graham, Tochter eines Erzengels will ebenfalls 1000 Seelen sammeln, um endlich ihre Sterblichkeit zu erlangen.

Als die beiden aufeinander angesetzt werden, beginnt ein Wettkampf zwischen Himmel und Hölle. Halbengel gegen Halbdämon. Kann es in diesem Spiel einen Gewinner geben?

Warnhinweis: Nichts für Fans von seichter Urban Fantasy - Es erwarten euch derbe Sprüche und prickelnde Szenen

Band 2
Dark Fantasy
ISBN 978-3-947288-80-9
14,99€

Was würdest du tun, wenn dein eigener Vater alles zerstört, was dir wichtig ist?

Längst ist aus dem Kampf um die Seelen ein Krieg zwischen Himmel und Hölle entbrannt. Um ihre Liebsten zu beschützen, geht Astara auf Lucifers Deal ein und stürzt sich ins eigene Verderben. Caym setzt alles daran, sie zurückzuholen.

Doch kann er sie retten, ohne sich selbst dabei zu verlieren?

Warnhinweis: Nichts für Fans von seichter Urban Fantasy - Es erwarten euch derbe Sprüche und prickelnde Szenen

Band 1
Jugend Fantasy
ISBN 978-3-947288-54-0
13,99€

Mehr als einmal wünscht sich die 17-jährige Leya aus ihrer tristen Welt ausbrechen zu können. Aber was passiert, wenn aus einem Wunsch plötzlich Wirklichkeit wird?

Nicht nur ihr Kuschelhase erwacht zum Leben, Leya findet sich kurz darauf in einer fremden Welt wieder, in der sie ein Mitglied der königlichen Familie sein soll.

Und dann ist da auch noch der wortkarge Waffenmeister Marlo, der sie auf ihre Aufgabe vorbereiten muss.

Auf der Flucht vor ihren Feinden rutscht sie immer tiefer in die Schatten ihrer Vergangenheit und erkennt die grausame Wahrheit: Wenn sie versagt, wartet der Tod nicht nur auf sie …

Leseempfehlung

Jo D. Shannon
Liebesroman
ISBN 978-3-96443-1-94-3
14,90€

Ich habe vergessen, wie man lebt.
Ich habe verlernt, wie man liebt.
Es begann mit deinem letzten Herzschlag.

Eine Box voller Briefe - das sind die wertvollsten Erinnerungen an den Menschen, den Jenny über alles geliebt hat. Sie löst ein Versprechen ein, lässt ihr altes Leben in Vancouver hinter sich und nimmt einen Job in Westkanada an. Die Arbeit als Landärztin hat ihre Tücken, hilft ihr aber auch dabei, aus dem Schneckenhaus zu kriechen.

Bis sie auf Ethan trifft, glaubt Jenny nicht daran, dass es jemanden gibt, der ihren Schmerz nachempfinden kann. Jemanden, der weiß, wie schwer es ist, etwas Geliebtes loszulassen.

Können zwei Menschen, die schon einmal alles verloren haben, zueinander finden?